杨光 著

人间至味是乡愁

ZHEJIANG UNIVERSITY PRESS

浙江大学出版社

·杭州·

图书在版编目（CIP）数据

人间至味是乡愁 / 杨光著. -- 杭州 ： 浙江大学出

版社， 2025.1（2025.5重印）. -- ISBN 978-7-308

-25740-4

Ⅰ. I267

中国国家版本馆 CIP 数据核字第 2024EH8520 号

人间至味是乡愁

杨　光　著

责任编辑	卢　川
责任校对	朱卓娜
封面设计	VIOLET
出版发行	浙江大学出版社
	（杭州市天目山路148号　邮政编码310007）
	（网址：http://www.zjupress.com）
排　　版	杭州林智广告有限公司
印　　刷	杭州钱江彩色印务有限公司
开　　本	880mm×1230mm　1/32
印　　张	8
字　　数	172千
版 印 次	2025年1月第1版　2025年5月第2次印刷
书　　号	ISBN 978-7-308-25740-4
定　　价	58.00元

推荐序

乡愁是什么，故乡就是什么。

然而，乡愁向前，故乡在后。乡愁是我们前行的力量，故乡则是文字中织就意义的泉源。我们在乡愁里面旅行，也用文字中的乡愁呈现故乡。"相比于短暂的人生，逝去的部分才是永恒。也许我们寻找的，终究还是自己！"这是杨光兄的新书《人间至味是乡愁》中的一段话。在乡愁中，我们不断走向外面的世界，不断地走出自己但又回归自己。杨光兄从济南走到密歇根，从亚洲走到非洲，从中国走到美国，不断走行，不断寻找；放逐于世界，追寻着自我。

给我一瓢长江水啊长江水

给我一张海棠红啊海棠红

血一样的海棠红

沸血的烧痛

是乡愁的烧痛

《人间至味是乡愁》让我忆起余光中先生的《乡愁四韵》，我喜欢这有痛感的文字。乡愁里面蕴含着一种愁绪，但这愁绪不是下坠的，而是有痛感的。乡愁是一种特殊的痛感。一方面，痛感是人迫切地想要摆脱的；另一方面，乡愁的痛感却是向上的。乡愁用故乡鼓励我们，用文字织就光明。写到远在美国遇见的一位医生时，杨光兄这样写道：

"医生放下茶杯，眼里闪着光芒，接着说道：'时间久了，有些外国朋友会对中国文化感兴趣，我也会将国内的茶叶、瓷器等商品介绍给他们。'他深情地说，也许只有离开熟悉的地方，才能怀念那些不曾留意的东西，发现其真正的价值。站稳脚跟之后，他也会将遇到的一些流失海外的中国文物无偿送回国内。"（《青花缘》）

乡愁不离泥土。不离泥土，就不离故乡。故乡的泥土里有着芳香，故乡是生死之地，是力量之源。庄子云，"夫大块载我以形，劳我以生，佚我以老，息我以死。故善吾生者，乃所以善吾死也"。（《庄子·大宗师》）傅佩荣先生将其译为：天地用形体让我寄托，用生活让我劳苦，用老年让我安逸，用死亡让我休息。那妥善安排我的生命的，也将妥善安排我的死亡。那生育我们的接纳我们的，是我们的故乡，她让我们在世界的浪涌里得安顿、得力量。

"若为化得身千亿，散上峰头望故乡。"

这句诗深深触动了我，该诗为柳宗元所作，也是杨光兄在《青花缘》里面引用的医生店内的对联。乡愁的深刻处，就是让生活在任何地方的人，都如柳宗元和这位医生那样，使生活之所成为故乡的瞭望台。走到天边，目光也不离故乡。乡愁是支撑我们走到天边的力量。生活的力量总是来自某种痛感，痛感越具体，生活也愈见精神。有些痛感剥夺人的自由，但是有些痛感赋予人自由。"风从窗子吹进来，金黄色的炉火被吹得摇摇晃晃，画面中暗淡的土壤变得越来越红。"（《朵颐之间》）捧读杨光兄的珠玉，萌生的是不可思议之感。我所熟悉的这位好友竟有着如此强烈的感受。世界不定，世事有时残酷；痛感真实，暗淡画面的红色更是希望。如杨光兄所言："人类真的像寄居在时间大海边的蟹子，在横冲直撞间不断寻找适合的地方，直到有一天无力再走，只能接受命运的安排，把壳还给世界。"（《寻味随想》）我们困在世俗生活中，带着故乡馈赠的乡愁跋山涉水。

给我一片雪花白啊雪花白

给我一朵腊梅香啊腊梅香

母亲一样的腊梅香

母亲的芬芳

是乡土的芬芳

给我一朵腊梅香啊腊梅香

余光中先生在中国的台湾唱着乡愁，杨光兄在世界的角落丈量自我。乡愁里有真实的自我，有自我的人就有力量。杨光兄追念他的父亲，他从对父亲的记忆里面织就语言的音乐、故乡的力量。"人生一半是前行，一半是回忆。……父亲走后，我一直无法平静地面对生活，最终痛定思痛戒了酒。愿我出走半生，归来仍是少年。"（《永不消逝的电波》）杨光兄对父亲的思念里面展现了一位父亲的力量，展现了灵魂乃是光的寄居之所。身边的亲人是我们最不能够忘怀的，我们世界的最柔软处因有他们，而有了面对世界的倔强。故乡柔情地接纳我们，也让我们坚韧地向着世界。我非常喜欢杨光兄下面的这段文字："我戴上帽子，系好女儿买的羊绒围巾，拎起背包走到屋外，穿街过户的样子像个不能久住的波希米亚人。"让故乡的广阔环绕于孩子的身边吧，让乡愁的柔情与孩子同行吧，最美丽的画面在我们面前，"前行几步后，我扭头朝人群中张望。女儿依旧站在那里，乌亮的头发闪烁着光亮，轻盈地用芭蕾舞的动作踮起脚尖，羞涩又张扬地使劲朝我挥手，宛如一株金色的郁金香……"（《转场》）

我们在乡愁里面寻找故乡，在对故乡的瞭望中感受乡愁。乡愁是故乡的注脚，成就生命的样态，也成就文字的意义。一边听着伯恩斯坦指挥的柴可夫斯基的《如歌的行板》，一边拜读杨光兄的《人间至味是乡愁》，托尔斯泰曾称"我已接触到苦难人民的灵魂深处"，真是别有滋味涌上心头。这种复杂的情绪欲说还休，但复杂体现了生命的厚度，既有杨光兄所描述的咖啡馆情绪："咖啡馆里坐满了客人，光线越来越暗。老人放下杯子，仿佛乐团指挥放下指挥棒，起身推门离开，好像一切都已逝去。"（《街角的咖啡馆》）似乎故乡消失在乡愁里面，又交织着想象力："站在山顶抬头望去，云散天旷，远方的地平线似乎仍留有千军万马踏过的痕迹。起伏的山岗连接着具有佛教气息的古城，间夹着这儿几点那儿一簇的屋瓦和白墙，深秋的景色突然变得深沉而平和。"（《秋韵》）还包含着那生生不息的生机："结冰的路面上，女儿挽着我的胳膊，迎风前行，温情化成了热气，传递着彼此的努力和坚

守。"(《异乡的腊八粥》)

生而为人，岂非正当如此？

章雪富

浙江大学哲学学院教授，博士生导师

目录

第一章

青葱岁月

人间至味是乡愁

澡堂小院

刚参加工作那会儿，有过一段依澡堂而居的经历，至今难忘。

当时，集资房尚未竣工，单位已搬到离市区较远的双山大街。因为赶录节目的需要，领导批准我在单位后面带澡堂的小院暂住，并让人在锅炉房外搭建了厨房。尽管有些杂乱，但每次下班，经过高耸的发射塔，穿过幽深小径，推开虚掩的院门，没几步便到家，心里还是美滋滋的。

小院有半个篮球场大，刚住进去的时候，水浸泡过的水泥地面，被春风吹起一层白色碱末，像海上漂浮的浪花。未硬化的空地上残留着深色炭渣，墙根石缝间蒿草蓬生，多年生长的苔藓把墙面染成墨绿。朝霞过墙那一刻，几朵牵牛花在草丛里绽出一抹鲜亮的蓝色。

澡堂水管里的水用来淘米、洗衣服、冲凉……哗哗的水流，让生活充满了灵气。夜晚的几声蛐蛐叫，让小院更显静寂。没有电视信号打扰，心田柔软得像一片湖。隔壁军营偶尔的一两声军号，提醒我不要融化在这寂静之中。

夏风催促，疯长的蔓草从两侧院墙迁回到门口。爬山虎像勇猛的战士一样抢占高地。一只贪吃的大黄军犬，总在夜色掩护下穿过草丛，悄悄溜进厨房觅食，瞪着一双警惕的大眼，把怀孕的妻子吓得够呛。我突然醒悟，小院虽有澡堂之利，但不能让它变成"草堂"，要趁早清除那些杂草，但费了不少功夫和力气，依旧无法拔尽。

想起母亲对土地的热爱，于是骑木兰电动车买菜的时候，我顺便捎回些花苗和草种，栽在一丛绿色中间。几天的工夫，先是猫尾草或黄的或绿的满地开放；紧接着草地一角，一棵棵小小的月季，开出大红大紫的花朵，成串成线，你拥我挤，好不热闹。

那时没什么社交和心事，也不知劳累。一点小小的付出，收获的却是大大的满足。同学得知小院的消息后，比自己有院子还要高兴。传呼机一召唤，大家准时聚拢。一进门都站在公共水龙头下，洗脸洗脚，嬉戏打闹，像过泼水节。有个女同学，总是金鸡独立地站在水龙头下面，露出涂得鲜红的脚趾甲，开心地放水冲脚，欢快的笑声溅湿了水泥地面。

转眼树叶已黄，繁花落尽，花外面的院，院外面的天，都变得空旷遥远。伴随着女儿降生，我们不得不离开小院回到老家。那些在春天里让人心旌摇动的杂花、秋阳下起伏的蔓草，我们下了很大的决心才和它们惜别。

小院虽微不足道，但那短暂而鲜活的日子，成为我心中永恒的暖阳。

2023 年 10 月，百脉悦府

压舱石

老友涛子的新公司成立，寻思良久不知该送点什么作为贺礼。

二十年前，北京广播学院毕业的他接替我成为新闻主播。凭借声音、形象上较高的专业辨识度，很快被观众熟识，在当地小有名气。但他生性平实，一心扑在工作上，对生活没有过多讲究，米饭、把子肉是日常标配。小聚时一盘淡黄油亮的花生米、二两小酒，便能让我们聊得掏心掏肺。尤其是他那辆从潍坊老家开过来的车子，几乎归我统一调配。而那时的我，并没有太多感动，只是觉得这一切，都理所应当。

相同的专长，生活中的志同道合，让我们收获了深厚的友谊，成为无话不说的朋友。然而，我这点专长上的天分，面对职场的多变，逐渐显得力不从心，更不用提当初入职时的宏图大愿。因此，我早早地走出体制开始了艰难的创业之路。而涛子选择在体制中继续打拼。

得知他下海的消息时，我心情异常激动，思来想去，决定用一艘挣脱束缚的航船表达祝愿。

福船是一艘纯实木打造的船模，船体用针叶木制成，帆、桨、橹等一应俱全。试水时才发现，船的高宽比例悬殊，水面晃荡时，容易引起倾覆。航模缺一块压舱石，可找遍手头所有的材料，铸铁、石块等都不合适。一筹莫展时，我发现了多年前旅行时，从海边礁岩上捡回来的一块红色珊瑚石。于是眼前一亮，就选它了！看着它，仿佛看见茫茫海域隐藏的无名礁岛和碧水深处五彩斑斓的世界。

重装后的小船，平稳行驶在如碎金般闪耀的水面上，周围五颜六色的热带鱼群来回游弋，掀起底层"不被驯服"的黄沙。不禁感叹，时光流逝，曾经那么多的好奇和想法，都如潮水般退去。唯有拥有厚重和充实的心灵，才能顺应潮流，划过世间茫茫长河，朝新的目标前行。

2023 年 10 月，绣江河畔

光阴的故事

古城外空地的树上，许多变黄的叶子以各种飘坠的姿态配合着秋风打转。我打量着眼前这片深灰的仿古建筑，不由得生出世事如梦的感慨。在这个世界上，什么会留下，什么又注定飘逝？

晨露中的护城河岸，花草石刻浑身湿漉漉的，水池四壁溢出的泉水，白花花地从上方涌出，流到平底，再汇入河中。河边有一块足球场大的地方，曾是青年楼旧址，如今连同周边的街巷、树木，都被青石铺砌的广场覆盖。

20世纪90年代，这一带赫然立起了一幢七八层高的建筑，如同突然出现的海市蜃楼。整座楼采用当时最新的框架式结构建筑工艺。现在看来极为普通，但给那个习惯像码字一样装砌一砖一瓦的时代，带来了新奇。

大楼上闪耀着"就业培训"几个殷红的大字。沿街的橱窗里摆满柯达胶卷，墙壁上写着"进口彩印设备""立等可取"等浮夸的字样。按下快门的瞬间，人们仿佛进入了新的时代。

初入社会的我，爱在一楼餐厅里高谈阔论。当照片在春光中被冲洗出来，镶进相框里的刹那，竟然不敢相信，自己已经二十岁了。窗外法国梧桐茂密，枝叶婆娑，遮盖着汇泉路。一片浓绿中，急驰的车辆，奔走的少年，路中间黄色的交通岗亭，营造出一番热火朝天的声势。

因为交通便利，楼下成了转播车停靠点。元宵节时，喜悦的人们满怀期待，从街口涌到街尾，每支扮玩（传统的民俗活动）队伍高低上下，动作极尽变化。一束焰火从眼前经过的工夫，就需要主持人配合念完一打材料，需要我对主持工作有足够的驾驭能力。在团队配合下，绕口的文字和繁杂的现场营造出热烈欢快的年节场景，我似乎找到了施展拳脚的空间。

黄昏时，光影被拉长，站在泉水流淌的桥畔，像是位于过去与未来之间，怅惘涌上心头。路旁的法桐树上挂满桐子。曾经盛开的菊花，一簇簇枯萎，将所有的花瓣都留在花蒂上。光阴，只有在逝去了以后，才显得那么美好、珍贵！

2023年10月，明水古城

蜕　变

不规则的演播厅里，纵横的钢铁支架、粗细各异的电线光缆，像是丛林间牵连疯长的藤蔓——这是最近去电视台参加活动的第一印象。想想离开已经十几年了，再进到里面不能不让人感慨。

在演播间众多上镜的服装里，自己十多年前做主播时穿过的深浅两套西装，像当年一样，整齐地挂在衣柜一角。我上前拍打衣襟，抖落的灰尘在金色的光线里飞舞。我提起衣领，试着在胸前比画。淡淡的樟脑香，甜而让人怅惘，还是那种感觉。只是在现在灯光照耀的镜中，人已两鬓生霜。

服装是记忆和历史的引子。20世纪90年代初，电视是所有家电中使用率最高的。我作为一个二十出头的新闻主播，带着几分青涩和懵懂，闯进了人们的视线。那个时代，人们普遍穿着雷同的衣服，自由发挥的空间很小。记得自己的第一身西服，是在当地老字号的服装店量身定制的。那家店位于电影院西邻的街口，门面很窄。第一次去时，我对着店内没有面孔的模特发呆。

出镜男装的面料和样式几乎是固定的。布料是深灰色，裁缝师傅采用了单排两粒扣样式，最新潮的平驳领版型简洁利落。但是配上我铅笔般瘦长的身材，镜头里呈现出了机械古板的形象。

于是我开始尝试不同的领带打法和不同的发型。花在吹风机上的时间，比播音稿上还多。越是在表面下功夫，越显得头重脚轻。西装革履下那个不求甚解的自己，只是个衣服架子，并无过多的思想。

渐渐地，西装成衣开始普及。离开主播岗位，我对终日陪伴的西装也有些厌倦，很长一段时间不再触碰。当时，市里的服装企业寻求转型，一家企业聘请台湾时装设计师和营销团队推出"海思堡"品牌，灵感来自阳光沙滩海浪，主打休闲系列，服装颜色红绿相间，样式简单明快，完全符合我的审美。厂里工作的朋友，又帮我搞到一条出口转内销的灯芯绒裤，宽松复古，穿上感觉慵懒随性。配上一件花格夹克，一改过去四平八稳的形象，休闲潇洒的服装成了我的标配。

待到中年下海时，我已经不再那么自我。虽然虚胖的身材，稀疏的头顶，让我穿不出太出彩的服装效果，但还是会根据角色需要，紧跟潮流，提升形象。重要的是，经历社会锤打后，我终于认识到：时装款式的日新月异，并不代表一个人思想精神的创新。要想获得持续发展，需要保持内心的平衡和稳定。

天气变冷，换上稍厚的秋装，又像换了一个人。晾在院子里的西装已经旧了，辨不清当初的颜色。但是看着它们，仿佛看到过去的日子晾在阳光下，尽管霉斑和漏洞都袒露了出来，但也感觉心安。

2023 年 10 月，绣江河畔

天空下的紫罗兰

我的书房正中，悬挂着一幅山水画。画中大片的空白下有一座欹斜秀削的山峰，云烟凝处，水流无声，画面大开大合。每每品读，都使我想起三十年前初识作者的一幕。

县城的道路尘土飞扬，两旁的树木积满煤灰，呈现出一片灰白色。街上到处是醒目的标语。一幢蓝色玻璃外墙的商业建筑，高高地矗立在十字路口。

傍晚，主持工作结束，我和新认识的朋友来到位于天台一角的紫罗兰舞厅。那是当地第一家专业歌舞厅。昏暗的灯光下，黑白色的衣裙飘动，两根襻儿和高跟的鞋子露出光着脚涂得通红晶亮的趾甲。身材矮胖的大款，脸庞黝黑，腰上崭新的BP机带着汗渍。敷衍的舞步，绚丽的色彩，淹没在夏日的气息里。

休息时，我来到舞厅外的平台上。一位青年吸引了我的注意，他头发茂盛得像青草，脸上带着一丝倔强。他独自抽着烟，神情专注，若有所思地仰望天空，好像没有任何东西可以替代头顶星星对他的吸引力。他一眼认出了经常在电视上出现的我，拉着我的手，将我带到他的画室。我才知道，他不是顾客，而是商场美工。

那是最底层一间不起眼的小屋，屋内光线黯淡，摆放杂乱。看过的书籍和未完的画稿，在箱子上堆得满满当当。墙上显眼的位置，挂着一张画报。画报上画着一双手，捧着一株发光的小草，像捧着一颗虔诚的心。我循墙绕柱，来到桌边，看到他为舞厅绘制的装饰画竖在椅子上——一枝冷艳的紫罗兰花，在晚风中摇曳。洒在花瓣上的月光，恍如一片云雾，与楼顶的天空交接，给黑夜以平衡。

"画画是我的全部。"他的话，像一支矛重重地插入我的内心。看得出，他是那种一心只做一件事的人，有着专一的目标。跟他相比，我像只会叫的麻雀，浅薄可笑。

门口，路灯明亮，台阶旁修鞋匠在忙着收拾摊子。马路上行人摩肩接踵，司机在使劲按喇叭。我在那里站了很久，面对陌生的世界，思考路的方向。

2023 年 8 月，明水古城

割麦记

烧烤店的门口，成束的麦穗被放在炭火上，麦粒被烤得焦黄。一阵风吹过，带来醇厚的麦香，给人一种踏实的感觉。路旁，杨树林哗哗作响，夕阳照在身上，留下一道长长的身影。从路面看向田里，不禁想起许多年前，帮人割麦子的场景。

参加工作那会儿，我二十岁出头，是台里的新闻主播，经常外出采访，耳闻目睹所谓各种大事，不知其中深浅。领导给了我新的机会，让我学习拍摄，精力也随之四处分散。最要命的是，我一天比一天眼高手低。

单位里有个同事也姓杨，三十五六岁，为人老成持重。采访时，抢着给人打灯，当话筒架子，他喜欢看被采访者鲜活的表情，聆听不同的声音；他还甘心当司机，骑着摩托车载着我们到处跑……总之，凡是工作上的事，无论大小，他处处抢在前面。他早年有当兵的经历，虽然学历不高，但大家都爱称他一声"杨老师"。

有一年夏天，麦子熟得早。风一吹，就会有熟透的麦粒掉下来。杨老师心下着急，便喊了同事帮他抢收小麦。那时的我们精力旺盛，一齐上阵。密密麻麻的麦田里，一个个戴着草帽，手拿镰刀，像满天星一般均匀地散开。同事们一声不吭，用手将麦子一拢，朝眼睛看准的位置，一刀一刀割下去，整整齐齐，有条不紊，发出清脆悦耳的声音，让人听得舒服。

我也试着发力，故作轻松地弯腰、直腰，可手腕、手指根本不听使唤。东一榔头西一棒槌，深一下浅一下，脚步踉跄，渐渐只能跟在别人身后。田野里阳光炽热，脚像踩在烧烫的锅底上，我汗流浃背，口渴难耐。眼前开始出现黄而转白的圆圈，忽然扩大，忽然收小，有高原反应般的眩晕，整个人好像一碰就会散架。杨老师赶紧扶我到树下休息，取来保温桶，拿出冰棍和准备好的湿毛巾给我降温。其他人一气割到地头，再捡拾一遍遗漏的麦穗，又将麦子捆成束，摊在阳光下。就这样，半天工夫，收割完毕，我也算是完成平生第一次田间劳动。

晚上，我们到夜市喝酒。电影院门口路灯明亮，天空被电线隔开来，简陋的方桌上摆着煮好的毛豆和花生。同事们谈地里的趣事，谈令人兴奋的新发现，也谈惹人捧腹的笑话。我不会开玩笑斗嘴皮，显得格外木讷，便跑去爆米花摊前，随手买回一袋大米花。打开一尝，那些膨化的颗粒，潮乎乎的，绵软黏牙。哈哈……满桌的人都在笑，我红着脸，略带疑惑，不知道大家在笑什么。

杨老师将它们包好，走到摊前，观察一会，重新抱回一包刚出锅的。爆米花稍凉的表面已经变脆了，每一颗抓起来，硬硬的，黏黏的。他说，有些做爆米花的小贩，会将新玉米掺到旧玉米里面，这样就会影响口感，所以要挑过。啊！原来如此。我满脸尴尬，才知自己孤陋寡闻。

自己从小不喜欢酒，但面对眼前可口的酒菜，心旌摇曳，不能自持。一瓶简装大曲，喝得我天旋地转，迷迷糊糊，抱着电线杆子吐个不停。心想，谁喝酒不醉，既然已经醉了，不如开怀畅饮。那时身体恢复力强，吐完接着喝，直喝得酩酊大醉，人事不省。

风吹来，天空还是一片淡蓝，有些人和事都已消散。但每当麦熟时，还是会记起那些美好的瞬间，令我惭愧，催我自新。

2023 年 6 月，山东济南

雨中的怀念

最近有些烦闷，午后沿小河边行走。天阴沉沉的，空气黏稠。河道内石块大小不一，河水潺潺，鱼儿轻游，偶尔向水面吐泡。

广场一侧，高耸的写字楼拔地而起，光滑的玻璃幕墙展示着它的吸附功能，想要把整个世界囚禁在笼子里，像极了人类的永恒的欲望。盆景一样的绿化带，将大道分成两半。一座牧童放牛的雕像，坐落在街对面。粗笨的老牛像个四肢服从、眼睛反抗的汉子。牛背上的牧童，仿佛春秋时期怀才不遇的放牛青年击角而歌，坚硬的岩石似乎浸透着汗水。

忽然，狂风呼啸，雨滴划过长空，直接砸向大地。我转过街角，习惯性地走向原单位旧址。曾经熟悉的地方，除了几棵松树，竟然连避雨的去处都没有。当年五层的楼房、宽阔的演播厅，那些造梦的背景，连同年轻时认为会永远存在的许多事物，不知何时，都消失不在了。整个城区都在拆建中巨变。闭上眼，老城的样貌还历历在目……我环顾四周，深深呼出一口气，这世上真的没有什么恒久之物。

那时，总希望一切按秩序运行下去。每天上班，经过一座如星星般造型的花坛，花坛中间有个不锈钢的标志，我很喜欢那种火红的色彩。我还很喜欢去那幢五层的楼房，每天去技术楼，看一下它的半边；出行政楼，看一下它的另外半边，非如此，一天就不算完整。这座看上去并不高大的标志，在我心里仿佛是一道缤纷的彩虹。但某一天它被拆除了，就像是人生的故事被删去了精彩的一段，让我无法释怀！

风吹向远处，褪色的花瓣在雨中落下，路上行人川流不息。一个时代中的故事，最终会像花瓣一样，随雨水汇入河流。花瓣虽然凋谢，但是它的美值得永远铭记。

2023 年 5 月，济南章丘

画室内外

小马的画室，由一座废弃的山庄上的房屋改建而成。四周群山环绕，宽敞的大厅坐落于谷底，颇有些深山藏古寺的意趣。暮春时节，院内花树掩映，各种草木生机勃勃，在这里它们才是主人。屋内四壁绘有浮雕，暗黄的画框里镶嵌着她新近创作的画作，笔墨恬静沉着，和周围的景色协调一致。

小马出生在海滨城市，上学时和我同班，是班里年龄最小的。因为专业课成绩出色，毕业后直接在省台工作，成了同学们的骄傲。但天性爱自由的她，很快厌倦了体制内的生活。一次偶然机会，她接受了一位著名品牌设计师的邀请，加盟品牌时装设计项目。在那个充满激情的年龄，她直接辞职下海。起初的事业蒸蒸日上，但闯荡商海之路并非一帆风顺，机遇背后也隐藏着巨大的风险，几年后她接连创办了化妆品公司和汽车销售公司等，但均因经营不善，退出了市场。也许在多年的商海沉浮中彻悟了人生，她褪去浮华，一个人躲进深山，潜心读书画画。

陈列在工作室的画作，有的林木青青，苍烟霭霭；有的寒霜高洁，风清月白，透着一种孤寂的美。画中洁白的花朵、青绿的花苞，展现出顽强的生命力。从她的笔墨中，可以感受到一种深沉而又义无反顾的爱，与一种"和泪试严妆"的气概。

不由得想起上学时的情景。每次上课前，她会将书中的主要人物根据自己的理解画下来，与大家分享。人物的姿态神情，都惟妙惟肖。记得有一次大家读小说《茶花女》，她画了两张草图，将女主玛格丽特所佩戴的茶花，分别涂成白色和红色。白茶花性本高洁，那雪白的花朵就是她心性的流露；而红色的茶花代表热烈，代表着对生活的热情。

庭院无声，枝叶透着阳光，在微风中徐徐摇动。楼台侧畔，一株山茶花开得正盛。满树重瓣的花，色白如雪，层次分明。落在地上的花瓣，像是参悟的精灵，在最灿烂的时刻，羽化而去。像极了我们，絮然入世，悄然离席。

2023 年 5 月，山东济南

青葱岁月

北方春天的阳光，一天天逐渐强烈。古城关外一片翠绿，成排的小葱苗已经从牙签杆子状长到筷子粗细，浓密而温柔。因为正处生长期，必须为它们上饱肥，勤浇水，细心呵护。

少年时代，母亲常为我摊一张不大的蛋饼，翠绿的葱花紧挨着蛋黄，绿里透白，白里透黄，再在上面滴上几滴圆润如琥珀的小磨香油，便飘出淡淡的清香。

葱地周遭的斜坡上，有一片叶子绿得发亮的榆树林，是伙伴们的乐园。霞光中，瘦小的玩伴爬上树头，侧身捋下榆钱，一把放进嘴里，伴着清香咀嚼……

春风中，葱苗很快长大，这期间葱农会小心地除掉过密的葱伴，好为日后移栽做准备。中学越野赛上，学生们从操场跑到城外，阳光微明。经过葱地时，看到成排的葱苗挨挨挤挤，修长挺立的葱尖上，一顶顶小黄帽在上下跳跃。不知道从什么时候开始，书山题海的日常代替了满山遍野撒欢的时光。虽然一日三餐仍离不开葱，但它已是紧张的学习生活的点缀。随着年岁渐长，增加的是孤独与迷茫，像是一根除了伴的葱，要独自面对生活。

随着葱垄越培越高，秋天已经来临，曾经浅浅地长在地面的小葱，如今把躯干深深地埋在土里。在土壤中历经 150 天的缓慢孕育，总算迎来了葱的收获季节。爽脆多汁的葱白结实饱满，咬上一口，让你不仅会会心地笑，更会止不住地想哭。葱是记忆深处最鲜亮的背景，那些曾经拥有的快乐，都留在了纵横交错的青葱地里，想来如此亲切，令人难忘。

2023 年 4 月，绣惠古城

又是一年芳草绿

乍暖还寒之时，柳梢头若有若无的一抹鹅黄，便是早春的视觉盛宴。马路两旁，绿草丛生，婆娑的树影在车窗上连绵跳跃。生命中的点滴记忆被撩拨，像电影一样在脑海中流动。

从摩天岭广场向北，沿国道行驶。车窗外远山淡影，黑色、灰色层次交错，好像中国的水墨画。"木梢寒未觉，地脉暖先知。"宽阔的湖面上，薄薄的春冰初融，像冻土里的春芽，被上天眷顾，变成一艘艘将要启航的小船。想起了初中时的一个清晨，我沿这条路去市里参加艺考。天还未亮，公交车几乎是空的，我手里握着母亲烙的荠菜春饼，整个人摇摇晃晃地坐在车里。

那时候我的嗓音条件就很好了，没经过什么训练，就能把文字读得声情并茂。本想用一首《长江之歌》一鸣惊人，但不等唱完，便被考官喊停。我记住了当时的心情，这件事对于稚嫩心灵的打击是那么沉重。返回时的暮色中，盈盈水间杨柳的丰姿和杜鹃的啼叫，都让我觉得索然无味。

车子继续前行，越过一个村庄又一个村庄。山脚下有一片桃林，桃花初绽，叶子欣欣然长大，春风拂动着树枝，却不见人影。也许再过几天，桃林就会形成一树树圆圆的绿荫。我索性停下来，徘徊在春日里。据说，唐代有位黑陶大将军，英雄末路时，在此栽树取土，烧制玉瓷。一千多年后的 20 世纪 80 年代，这里开始开发黏土。记得有一次采访时，正值初春，路口的广告牌在风中挺立，园区建设如火如荼，有耐火材料厂、汽车配件厂等几十家乡镇企业入驻。那时苗壮如新芽又颇受赞赏的自己，对自然熟视无睹，因为彼此都富有生机。而人到中年，生活趋于平淡，反倒喜欢上了自然，喜欢它的生机和活力。

满目的绿意，大片大片铺在路边，细碎的光影摇曳。二十多年过去了，半山腰的一家耐火材料厂改烧瓷器。曾经高耸的烟囱经过艺术处理，透着憔悴；废弃的巷道火车车厢，被人们用来栽种苗木；厂房上空，隐约听到机器轰鸣。俗话说，生活如瓷，不扔到火里淬炼，永远不知道它会用什么样的色彩来回馈你。

车子带着记忆远去，心却停留在梦开始的地方。如果离开了记忆，过去就是一张白纸，也就意味着没有未来。如果留住了点滴记忆，这些记忆汇集起来就是一种力量！

2023 年 3 月，济南章丘

夏日拾趣

　　夏天带着征服的气势，来得格外迅猛。夏至未到，太阳就迫不及待地开启烧烤模式，肆无忌惮地释放着能量。南风带走水分，卷起的干燥暑气令人窒息。各种西瓜一夜之间突然涌入市场。人们在匆匆挑选的同时，还不忘和瓜农们讨价还价。市场无比嘈杂，身在其中，无不想立马逃之夭夭。

　　为防热浪侵袭，理发店窗缝上糊了纸条。推门进入，冷气扑面而来，顿觉汗毛倒竖，神清气爽，真是里外两重天啊！店内灯光明亮，墙壁整洁，悠扬的音乐声中，一层暗色在光滑的地板上浮动。半隔的座位前，弯弯的书带草靠在竖长的镜子脚下，座椅靠背上露出几个昏昏沉沉的脑袋。我很早就认识老板娘，那时我还在单位上班，经朋友推荐来到这个理发店。现在已经忘记了老板娘的名字，只记住了那双会说话的大眼睛。

　　我在面盆前坐定，忽然头顶一凉，水流从头发的间隙经过面门飞流直下，接着洗发液的泡泡带着化学的香气，也一齐涌下来，只好闭了眼任人摆布。随着最后一个泡泡被冲洗掉，洗头总算告一段落。在镜子前坐定后，老板娘笑盈盈地走过来，精致的妆容也没能掩饰她略显浮肿和疲惫的脸庞，眼睛也失去了曾经的神采。

还没等我发问，她就开始嘘寒问暖，说因为疫情，市场萧条，又加上亲人离世，晚上睡不着，整个人都不在状态。于是我搜肠刮肚找词语安慰她。她似乎又开心起来，见缝插针"推送"几条不知真假的小道消息，加上精彩的"演绎"，让人颇感开心，虽然知道未必是真的，但我也乐意跟着品评一番。

正说着，玻璃门一闪，进来爷孙两人。爷爷黑色的头发下面露着银白色的发根，像稀疏瘦硬的秋卓，根根直立。小女孩像是玩累了，跑到椅子上，身体伏在椅背一角，辫子散开，很快睡着了。爷爷理完发时她还睡着，好像世界与她无关。直到被爷爷拍醒，才一下从梦中醒来，先是一愣，立刻从椅子上爬下来，瞪着眼睛端详着爷爷头顶，疑惑地问："爷爷怎么换了头发颜色？"爷爷说："人老了头发自然会白的，只是这次没有染发。"孩子像是听出话中意味，掉下眼泪来。门外车子驶过，人们在街上走动，熙攘喧闹的场景在孩子心里只是背景。

走出门外，落霞突破重围，晚风带来丝丝凉意。爷孙俩正微笑地站在树下。孩子像是看见了什么，挣脱爷爷，低头穿过斑马线，猛然跑向那金辉万缕的广场上盛开的喷水泉池，在闪亮的奇幻世界里起舞。此刻，斜阳如水流泻，我忽然发现自己的眼睛也睁不开了。

2022 年 7 月，山东济南

白云盛境

　　相比于省外名山大川，本乡本土的景色因为近在眼前，所以总不想专门拿出时间来游览。前几天，听说附近的白云湖湿地万亩红荷绽放，还有许多难得一见的珍稀鸟类栖息，我游心一动，决定去碰一下运气。动身时天空突然响起一声闷雷，夹杂着雨意的凉风迎面袭来。做好的决定怎能就此作罢？于是准备好雨具，决心冒雨游湖。

　　被称为省内第三大湖的白云湖，是由绣江河与另外几条支流汇聚而成的。湖中矗立着巨大的"荷花仙子"雕塑。相传很久以前，水接云天处有座下沛城，玉帝之女白云公主被此地景色吸引，便居住在这里，成为佑护人间的仙子，故称"荷花仙子"。我站在曾经匆匆经过的湖堤上，被大风吹翻了雨帽。急倾狂泻的雨骤然落下，湖面碧波翻腾，如披上一层轻纱帘幕，顿时湖水、堤岸，全被罩在雨幕中，那些废旧的深浅不一的水塘，已难以辨认。少顷，风开始放缓，雨变得细密。周身的皮肤变凉，人也精神了不少。再看湖面，一派空明。碧绿的荷叶一望无际，被雨水冲洗后更显葱茏，上面如有珍珠跳动。初开的荷花，多色并举，粉的白的紫的，如灯盏般高擎，笑盈盈地把一池清水点亮。湖面上飘来的缕缕荷香，沁人心脾，置身其中恍若遗世而独立。

在离渡口不远处，我迟疑片刻，检查雨具穿戴，向路人询问了进湖的秘诀。明白后，将两手围成喇叭状，隔着芦苇向湖里大喊一声"船家——"。在半湖的花影当中，一叶双桨渔舟，伴随着欸乃之声渐摇渐近。我跳上船，紧挨着船家坐下来，挤在那个局促的空间，任风雨飘摇。湖内植被茂盛，河道纵横，像一条条天然的生态走廊，仿佛通向无数个未来。俗话说"夏雨隔田晴"，湖面上似乎停了风，雨也停下来，天空灰亮。船家脱下雨衣，轻快地划动双桨，每次一打桨，船头都会响起微微的水浪清音。湖面上闪烁着的天光，同水里的萍藻游鱼一同荡漾。所到之处，水草与荷叶也跟着次第起伏，连绵不绝，呈现出别开生面的律动。绕过一个大弯，猛一抬头，白云倒映，炫目的阳光在水面上扩散出无数耀眼的鳞片。

经过几个沙洲，湖面变狭窄，泥滩多起来。忽然前方中间出现一座被芦苇包围着的绿洲，芦苇尽处闪出一大片红荷。荷花在淤泥中开得又鲜又大，洇出一层水润润的红雾；花叶边缘参差镶着日光，发出水银色的光晕。光芒四射的沙滩上，几十只苍鹭静静地站在那里，高亢的鸟鸣声中，东方白鹤凌空飞翔，像是上天的使者穿梭于天地之间。我被眼前的一切惊呆了，直勾勾地看了好一阵，才想起用镜头捕捉。

落日洲头，云消雾散，燕鸟依依。蓦然回首，除去杂草和污泥，水色天空原本就澄清而且宁静，突然感到外在的一切冲突消解，光明在意想不到的时刻，呈现于眼前。

2022 年 6 月，山东济南

古城寻梦

　　听说绣惠古城河边有种翠鸟，头颈通红艳丽，极为少见，我决定趁端午假期前往寻踪。清晨天空初亮，树上几只喜鹊喳喳地叫个不停，阴晴欲雨的天气驱走了不少暑气，空气中吹来阵阵湿风。想到故地重游，我心生几分感慨。

　　空蒙天地间，宽敞的东关大街已经没有了往昔的模样。一座雄伟壮观的古城楼正拔地而起，其顶端四方轩敞，宫殿式的屋檐黄绿相间，像古戏中的流云彩带般柔和。城楼底部呈深褐色，光线漫射中的石刻雕花，细节处如玉簪螺钿。虽有旱象，但风日里，东关桥下依旧碧水潺潺，柳色清新，水车咿呀之声不绝于耳，仿佛绵川烟雨的历史在一点点苏醒。沿着清澈的河水一路向前，转弯的地方出现了深潭，卵石打底的浅滩弯弯曲曲地钻进丛林。每遇到一片草地，我都要去抚摸一下。凸岸的沙土地布满酸枣棘条的地方，被称为枝荆湾。沙土岩石上厚厚的围子墙已是断壁残垣，悬石倒立，墙外成熟的麦穗在蝉声中低头缄默。城墙垂直地面十几米高的地方镶嵌着几个圆形鸟巢和隧洞，像古埃及神庙上的图案，无意中泄露了溪鸟的秘密。

　　在高处俯视，朦胧的水面上有鸟的影子掠过，透气的鱼儿蹿出，与水面构成弧线，转眼又失去了身影。灌木丛里一只雌性翠鸟迈着碎步走了出来，转动鲜艳的项颈，不时发出响亮尖锐的唧唧声，像是在尽情享受盛夏的沙滩浴。突然间急速舞动翅膀，瞬间飞离地面，收紧双爪，一动不动地悬停在空中。然后施展俯冲绝技，头部猛地直插入水底，就在将要没入时拧身向上，尖尖的小嘴衔着鱼儿腾空而起。这难得一见的画面，令人兴奋不已。

暗淡的天光下，忽而吹来一阵风，卷着云向西而去。记得读小学的时候，跟母亲来采桑叶，我会随那清脆的鸟鸣声下到河滩，在分汊的河面上打水漂，一个水漂一朵水花，也溅起一连串的念头。初中时跟小伙伴学游泳，投身而下的一刹那，我曲着背、耸着肩，把自己交给无限湍急的世界，瞬间变成内心渴望成为的人。河床宽阔地带水较浅，从水里站起身来时，心底的泥沙仿佛也被洗净，然后走上岸，淘气地再一次跃入水中。学会游泳后，我喜欢在岸上观看，看到勉强下水、扑腾几下就急于抓住什么的学游泳的孩子，我会觉得好笑；发现有人呛了水，脸色苍白、声音比平时尖的，我会毫不犹豫冲过去，将其拖上岸。欢乐无限的游玩也导致课上打盹走神，心里又不乏侥幸，总希望不被老师发现，并因此窃喜。

熙攘的街头传来熟悉的声音，脑中转了几个弯才想起，原来是当年的邻居。匆匆聊上几句话，仿佛几十年的光阴都被挤压在话语间，古城的一草一木也成了幻境。缥缈的城北山上林霭蒙蒙，高低起伏的山峰像是美丽的女郎，凤冠霞帔地横卧在那里，南北漂泊的翠鸟飞回她的身旁，变成翠绿的宝石镶嵌在她的凤冠上。

回去的途中，我还在痴想，童年追求趣味，内心自由宽广，年纪越小，所见的世界越大。如果那些承载旧梦的钓游之地和短暂而美好的时光能留得住的话，我愿把自己的家、破书和那些老旧物件都搬回到古城的青山上。

2022 年 6 月，山东济南

少年河流

明晃晃的阳光下，清澈明亮的绣江河水从它的源头明水古城内滚滚流出，水面上倒映出湛蓝的天空、密匝匝的柳影。四溢的荷香，伴随逝去的年华，蜜糖似的融入流波的心里。绕过一片经纬交错的村庄和稻田，古城不见了，翻腾闪亮的浪花，只一瞬间也不见了。坐在河边，夏日的浓绿让人沉醉，像是在漫长午觉睡醒后回味起甜美的梦。

轻盈的河水在地势较高的东皋村附近迂回，古老的村名让人想起初唐诗人王绩"东皋薄暮望，徙倚欲何依"的诗句。四周丛林深密，又浅又宽的河水在丛林里徘徊，发出温柔的细语，像是在诉说故事，故事里充满了寂静和思念。村头一道屏风般的树林轻轻延伸到河里，河上有一座青石桥。河水绕着桥桩打转，水很清。河床上的石子长满绿绒，把河水映成绿色。已经很久没有这样观察河水了。鱼儿隔着光，在急流中摆动鱼鳍，灵敏地调整姿势，努力稳住身子。偶尔有鸟的身影掠过河面，鸣叫着朝下游飞去。一条大鱼突然逆流斜冲而起，又游回桥下，面对涌流，守着老位置，蓄势待发。

我们举家迁徙是 20 世纪 80 年代的事情了，刚搬来的时候住在离河不远的卫生院内。虽然回到了家乡，但与繁华温润的南方都市相比，家乡的地面坑洼不平，街市冷冷清清，生活起来总是不那么方便，身为孩子的我们心中自然生出一种陌生感和疏离感。父亲好像懂我们心思，会在每个阳光明媚的周末带我们沿河骑行，去城里看电影，或让我们随心所欲地待在野外和岸边。我穿着不太合身的空空荡荡的大裤衩，光脚站在石头上，先把胳膊弄湿，再把腿弄湿，风一吹好像整个身体从空气中消失了。一次看到一张飘落的糖纸在漩涡里挣扎，随飞溅的水花奔流，眼看要撞上一块突兀的卵石，又从卵石一侧轻轻闪过。我心里长舒了口气，拍手蹦跳起来，像是重新找回了从前的欢乐。

邻居张大爷曾是赤脚医生，同我家来往颇为密切。可能是父亲对他有过关照，他家对于我们有种邻人以上的深切交情。他的儿子小刚是我最好的伙伴，我们经常一起玩耍。一年夏天，小刚让他爸做了两支钓竿，从地里挖来蚯蚓浸在罐头盒里，同钓竿一起带到河边。他先捉出一条蚯蚓，用钓钩将蚯蚓由尾部穿到头顶，然后放入水中，浮珠一动，立刻拉起来。他说这样可以钩住鱼下巴，鱼就不能逃脱。钓到的鱼和青蛙，可以吃也可以送人。这也勾起了我的功利欲，却一直没学会。因此，我对小刚有了崇拜，和他一起比高高，一起结伴看谁走路快，甚至想天天在一起玩。

这些每个夏季都会发生的事情，贯穿了我的少年时代。此后时光流逝，追逐的梦想渐渐破灭，又被生活细针密线地缝好。往事就这样只剩模糊的印迹，变得轻不可追。那些终究回不去的流年，却更加真切地存在于脑海里。

2022 年 6 月，济南章丘

第二章

草木有情

雪野渔歌

　　清晨，刚下过雨，雪野湖宽阔的湖面被薄雾笼罩，几只飞燕无声地掠过水面。湿润而清新的空气，将城市的纷扰荡涤一空。

　　雪野湖三面环山，无工业污染。山上是花白的羊群，湖里则是鱼的世界。山泉和雨水穿云裂石，将山上的腐殖物冲刷进入湖区，滋生大量浮游生物，为鱼类提供养料。草籽熟了，风把它刮到湖里；鲫鱼以草籽为食，长得肥。别处的鲫鱼很少有超过一斤的，这儿的鲫鱼一两斤的都有。岛上的餐馆，以野生鱼为招牌，生意火爆。

　　不远处的渔船上，身着防水服的中年男女，站在船尾，把手中网带，在水面一字排开，连成弧线。湖面上，隐约可见点点浮光，像荷叶上嫩黄的小莲蓬。这些渔人其实是周围的村民，在平时他们是石匠、钢厂工人和饭店老板。渔季一来，大家便按照一定的分工组织起来。当看到青筋微微凸显的胳膊和每个人紧张兴奋的脸，我感受到了劳动和收获的快乐。

　　突然想到美男潘安的《西征赋》中描述的长安昆明池百姓捕

鱼的情景。渔民先布好渔网，有人大声呐喊，再用长木棒敲击船舷。鱼惊慌而逃，蹿入渔网被捕获。与一千多年前热闹壮观的场景不同，雪野湖捕鱼看起来平静了许多。深谙鱼性的船老大先在湖中布置一张"八"字形的网，网一头大一头小，中间不留缝隙，像是"迷魂阵"。鱼儿一般顺着网向前游，很少走回头路；就算是走回头路，也会被一些横隔板式的竖缝网道拦住。

捕鱼的船舱是活水舱，底部有洞，与湖水相通。随着捕鱼船一点点靠近，妇女们先将捕鱼船上的"母头"依次连接在渔网的"子头"上，屏息等待一段时间后，从网眼中钻不出去的大鱼，被一条"鱼类的长城"困在里面。最后，随着一声号令，网带各个位置的人同时起网，口袋瞬间被收紧。此时鱼儿似乎刚弄明白发生了什么，纷纷摆动尾鳍，扭动腰身跃出水面。只见点点银白的光，在狭小的水域中翻动，发出很大的"噼啪"声。

当那些领头的大鱼全力跃出又落下，三番五次，最后认命的一刻时，大约就知道水里有多少鱼触网了。渔民最后将渔网拽过头顶，又一把一把拢在身后。包围圈逐渐缩小，慢慢地，鱼被赶到捕鱼船上。渔民们像舞蹈演员谢幕一样，发出欢快释然的欢呼声。这样捕捞上来的鱼既鲜活，又没有一点伤。

水库管理处门口，摆放着一块鱼形石匣，里面盛着发黄的信笺。据说，这是从三峡人家墙壁夹层里找到的，记录着当年人们购买鱼苗时的细节。这不是为了精打细算，而是跟踪翘嘴红鲌、武昌鱼等南方鱼类的生活，帮助它们繁衍。鲫鱼、鲤鱼、草鱼，在岸边草丛孵卵。一枚枚鱼卵黄黄的，黏结在附着物上。为加快自然繁殖，人们在湖边放置棕榈皮，改善受精卵着床环境，像呵护新生儿一样，哺育水中的生灵。懂得河湖伦理的人，也懂得生命之道。

太阳出来，雾气消失不见。小岛露出宽宽的沙滩和树石的轮廓，树叶澄澄发亮。收起的渔网齐齐地挂在竹竿上，随风飘动，闪出一片明净的水面。草丛中各色的花儿，静静地绽放，不慌不忙地散发出夏日的芬芳。

2023 年 6 月，雪野湖

子　衿

于新家的书房，一桌，一椅，一架书，一壶茶，坐了大半个上午，正昏昏欲睡，忽听外面几声熟悉又稚嫩的童声，像百灵鸣叫般清脆，抬头望去原来是子衿。

子衿是妻侄女的女儿，刚上幼儿园，有着乌黑的齐刘海，头顶梳着两个小羊角辫儿。一身碎花短裙，衬得皮肤细腻白嫩，灵动的眼神里满是天真。

看妈妈在涂指甲，子衿便跃跃欲试，没得到允许，便噘着嘴跑到平台上去了。我跟上去的时候，她正对着水池里的几条金鱼发呆，那神情真像是一位安静的小天使。不过接下来的所见，让我立即改变了自己的印象。只见她忽然像发现新大陆似的，从花池里拖出塑料水管，飞快地跑去拧开龙头，喷得水花飞溅，然后大笑着对金鱼说道："下雨了，下雨了，小鱼快肥（回）家吧。"几条金鱼大概还没弄清状况，嘴巴一张一合地对着子衿吐着泡泡，像是在和她说话。这时候子衿把水管扔到一边，认真地告诉金鱼："你不害怕下雨吗？会感冒的！"金鱼尾巴一摆，潜入水下去了。

妈妈叫她去喝水，她没有理会，因为还有更重要的事要做。她将上次落在这里的橡皮泥通通找出来，捏出很多动画故事里的人物，还念念有词，什么"小猪佩奇"了、"奶龙"了……捏的同时自己也成了故事里的某个角色，只是那角色并不固定，一会是这个人物的朋友，一会是那个角色的妈妈，忙得不亦乐乎。

转眼间，她又移动茶台上的铁壶，发现几只青红白黑黄颜色的杯子，好奇地说道："咦！这是红茶、绿茶、黄茶、奶茶……"一边说一边做出倒水的动作，然后将这些装满空气的杯子分给橡皮泥捏成的人物。还跑过来，给我也分了一杯，一本正经地叮嘱道："小心烫！"忽然，小狗布丁不知从哪里跑出来，她把正进行的事情全忘了，追着小狗到处跑去了。

孩子的世界是透明的，他们总是无碍地展露内心世界。忽然明白，我们喜欢孩子，很多时候，是因为羡慕！我坐下来，打开一包红茶，拿出青花瓷碗，放进一勺，候着，等水温到七八十摄氏度，赶紧注入碗中。像干草一般的茶叶，瞬间复活，伸展开紧缩的躯体，随着水流上下飞舞，释放出如红酒般的色泽，晶莹剔透……

2023 年 6 月，百脉悦府

那只椰壳杯

　　周末，曾经的合作伙伴邀请我去湖边野炊，顺便给女儿饯行。人情往来虽使人厌倦，但很多时候还是拗不过。于是，出门前备了几只海南椰壳杯做礼物。

　　初夏温度适宜，树叶疯长，浓密得有些失控。人造椰林中，一张张方桌被潺潺的流水环绕；不锈钢盘子里，摆满了各种肉串。不同口味的自酿扎啤被倒入精致的玻璃酒杯，连同溅起的酒花，在灯光下闪耀，像是浸染了人间百味。无数细细密密的彩灯，从头顶垂下，将水面照得通亮。许久不见的朋友，脸上爬上许多辛苦的条纹。大家谈起人生，气氛热烈。

　　桌上，与普通玻璃杯相比，开口如荷蕾般的高脚椰壳杯，造型别致。椰宝做成的杯身被打磨得光滑厚实，有黑陶般的质感。柄上刻着浅浅的花纹，虽不如瓷器那般闪亮，但韵味十足。说话间，不知谁不小心将它碰落水中。只见杯身一歪，杯子一头栽了下去，倾倒出酒水的同时，在空中完成了华丽的翻滚。入水时杯身稳稳露出水面，顺着水流的方向，一下低一下高地向前漂去。想伸手打捞，又难以把握它移动的规律，夜色中不知道要漂向哪里。

一位朋友即兴提议：不如干脆来个"曲水流觞"游戏，杯子停到谁面前，谁就饮酒三杯讲个笑话。那只酒杯，像是忽然弄懂了规则，配合地向人们漂来。大家一时鸦雀无声，神情紧张起来。女儿望向天空，做祈祷状，眼里露出一种对现实无可把握的神情。杯子走走停停，有时围着树枝打转，最终还是停在了她面前。女儿并不擅长与陌生人社交，但此时她还是大方地讲起了在国外的有趣经历，声音沉稳，神情中带着即将远行的从容，引起大家一阵欣赏的笑声。

朋友兴奋地起身，挥舞着竹签，做出划桨的动作，像乐团指挥，杯子却不解风情地顺水漂去了。水流回转，杯子也漂移不定。烟浓浓地在脸前聚了一下，又忽地被风吹散。我凝视水面，心想也许我们每个人都像那只杯子，虽腹有乾坤，但面对生活的风浪，却不知道自己会停在哪一道港湾。

时间慢慢流动，举杯的人影越来越模糊。月亮已经升高，星空也变得朦胧而烂漫。我似已变作那只酒杯，游走在浩瀚的银河……

2023 年 5 月，山东济南

雨燕飞天

　　五一节过后，女儿的探亲假也快要结束，眼看归期临近，我心里不免有些失落。想起她之前在莱芜看中的燕子石，因为各种原因未能买回，便决定再次前往。

　　时值初夏，飞云冉冉，烟树参差，各色鲜花点缀山路两旁。雪野湖畔，成排的柳树举着柔软的丝绦，在风中画出美丽的曲线。不多时，几排被绿树环绕的房屋映入眼帘。这不大的山村就是今天的目的地。山里人做买卖不讲销售技巧，没有门店，信息靠口口相传，有需要的买家到家里一转，就是生意。

　　走进半晦半明的房间，只见一面展示墙上默默地展示着一些石片、木雕和残俑。展品上面落了薄薄的灰尘，仿佛时光沉淀在上面。我拿起一块石片，自然蜕变的印迹清晰地展现在眼前：石面上露出一鳞半爪，构成层层叠叠的图案，外形像展翅欲飞的燕子，故名燕子石。这不仅仅是一块石头，也显示出生命的印迹。

　　店主指着窗外说，这里属于古老的泰莱山脉，森林密布，溪流汇聚。山顶重岩叠嶂，黑黢黢一大片，大量原始遗迹隐藏在奇山险峰之间。早些年，为了寻找这些石头，人们曾在荒野中忍饥挨饿，徒步数十里。常人以为它们就是一堆供把玩的石头，哪知得到它们的艰辛。前人有言：不登泰山，不知山高。不涉沧海，难知水深。想起自己最初的艰难创业经历，也如寻找这些珍贵的石头一样啊！

他继续说道："现在科技发达了，水晶和宝石一样可以人工制作，而你喜欢的天然原石，只有千年等一回。上次你们来聊得很开心，只是宝贝没能带走，知道还会再见，就一直保留着。"女儿高兴极了，曾经的遗憾一扫而空，仿佛过去的愿望，有人替她守护。

在当地，流传着"雨燕飞天"的传说。崖壁上的燕子石，经历风霜雨雪，汲取天地精华；那些小小的三叶虫，借助神秘的力量，会生出翅膀，齐刷刷地扑向空中，飞到南海，飞上银河，最终变成青凤。

回去的路上，飘飘洒洒下起了小雨。我抬起头，仿佛看见破壁而出的青凤，穿越翻滚的云层，到闪闪群星中逐梦。

2023 年 5 月，莱芜雪野

又见山里红

春雨霏霏，院子里处处现出娇嫩的新绿。门口，新添的花岗岩景观墙，纹路起伏，红绿斑斓，像极了一幅似曾相识的春天图景。

　　回到屋里，这一图案仍然在脑海挥之不去。忽然想起，这种岩石来自一个停产多年的矿区，矿区的那位老板孙总曾是我的合作伙伴。带着期盼，我拨下了孙总的电话。

　　孙总是位军队转业干部，身材魁梧，做事严谨，十几年前，转业回家乡承包花岗石矿，凭着军人吃苦耐劳的特性，没几年就成了当地纳税大户。紧接着，他去外地收购矿山，开拓市场，寻找合作经营伙伴。那时，我和同学的公司刚成立，万事开头难，我们也正四处搜寻项目。得到他的收购消息后，我们马上去现场考察。

　　那也是个多雨的春天，车子沿着崎岖的盘山公路前行，群山峻岭仿佛被愁烟苦雨笼罩。快到矿区的陡坡处，车子突然打滑，横在了路中间，大家急忙下车检查车况。我注意到身后断崖千尺，野草丛生。矿区表面布满岩石沟穴，形成无数条曲折的纹路。雨横风狂，泥石争流，给人以山体将倾的震撼感。几经峰回路转，总算见到孙总，还好一切顺利，最终协议达成。

　　离开时，再看那些山石，有的像莲花瓣，有的像大象头，有的侧身探海，有的兀立如柱、一动不动，拦住你的去路。路边树林里堆满荒料，细看石块上的纹理像山水画：这条细线是河流，那片斑纹是山脉，山长水阔，和今天新建的景观墙上的图案如出一辙。

　　大概两年以后，孙总对偏远的矿区业务失去兴趣，他看上了在最繁华地段建水上乐园的项目，正好可以用自产的石头打造商业帝国。但由于各种原因，资金跟不上，项目宣告失败。我们的合作也终止了，最终留下一片萧索。

拨通电话，电话那头的孙总有种老友重逢的喜悦。他不无感慨又有些幽默地说道：花了半生时间，从一块石头跳到另一块石头，总想看到更好的风景。人这一辈子，总想成就一番事业，但也要看机缘巧合。有时候无意，却开辟了一片新天地；而有时苦心经营，却栽花花不开。一路下来，连自己都不知怎么走到现在的，不禁生出"蹙蹙靡所骋"的忧叹。

"正是层层芽黄绿，不到春风始淡然。"人生起起伏伏，周而复始。轮转的四季，是流动的风景线。或许行路的过程，才是人生真正的意义。

2023 年 4 月，百脉悦府

茶人小吴

我爱品茶，尤其喜欢明前茶的新鲜。可是今年有所不同，节前订的茶，节后才到，明前茶变成雨前茶。尽管带着遗憾，还是迫不及待地泡上满满一杯。看着那状如雀舌的芽叶，挺拔舒展地在水里沉浮悠游。小呷一口热热的茶汤，闻着诗韵般的清香，仿佛可以听到山坳白云间的鸟鸣，心里的弓弦也松了下来。

小吴在电话那头说，今年早春气温偏低，老树生长慢，舍不得采小小的芽头。我生在茶乡，深知绿茶的魔力。他所说的群体种，比改良后的龙井43晚熟，尖叶细嫩，汤色明亮，回甘浓郁如兰花香，气味更幽香。茶树一般经过一冬熬煎，难免皮硬面枯，初绽新芽会把陈味顶出来，只有弃了那些芽头，留下春日新萌的才比较正宗。想到这些，心里非但没有责怪小吴，反而觉得他做事尽心，为人靠谱。

小吴算是新一代徽帮茶人。最初遇见他，是在徽州古城附近的茶馆里，那时我试图去产地挑选高品质的茶，而他刚返乡创业。瓦屋窗前，一只铅丝吊篮旁，身影清瘦的小吴，蓬勃的头发像一团新茶，活力四射，被炭火映红的脸庞透着淳朴。将茶坛烘十分钟，然后冷却，再烘一次，再冷却，用三次烘坛和手指的一点余温，连续翻炒茶叶。为了五六斤茶，忙上忙下一上午，让本想扭身而走的我停步犹豫了。

小吴从小就听说，老一辈茶人中，在外面做伙计久了，有些积蓄，做老板的有；从穷乡僻壤出来的小学徒，成为茶界佼佼者的也有。于是他不甘平庸，很早就走出那个喜欢又不得不离开的地方，来到杭州。那些年，他平时白天待在茶园，防治蚜虫，管理茶树；夜晚则静下心来，研读茶书，从不虚度时光。采摘季，他背上茶篓，给身边的人演示，讲解影响茶叶品质的因素。过去的杭州茶庄对徽州伙计有个规矩——"三年两头归"，回家后也可带足工资。可他几年下来不离店半步，帮店主打理生意，将一切做到极致。

在别人的故事里流淌自己的汗水，总有些不甘。可想到创业的艰难，又有一丝无奈。在这里专心侍茶，不必担心销路，甚至还可以独享一种纯粹做事的惬意。微风吹拂茶梢，茶园涌出绿浪，仿佛在诉说一种无可选择的生活。素雅的陶瓷茶具前，我凝视着浅黄色的茶汤，耐心品尝属于春天的滋味，仿佛看到茶园里升起淡淡的茶烟，米粒般的新芽变成绿树成荫的老叶。小吴憨厚的嘴角一咧，露出结实的白牙。不管在尘世多么彷徨，总有长存于心底的东西，像彩虹，像春茶，指引着未来的方向……

2023 年 4 月，百脉悦府

银芽初满

　　老李的女儿豆豆，考取了公务员。一家人兴高采烈地张罗着，请邻居们喝酒。豆豆忙得脸颊粉红，似一朵盛开的芍药，那清脆如风铃的声音，不禁使人追怀往事，感慨万千。

　　豆豆老家在一个极偏僻的小山村。记得有一年，我从那里路过，正遇上扮玩和抬芯子（流行在山东的一种造型性舞蹈）的人群，喧天的锣鼓震动山野。活动以漯河转弯处的戏楼为中心，向四方展开，引来各地村民夹道观看。芯子上的女孩机灵瘦小，腰部卡在铁棍顶端的圆弧中，两腿用布条固定。人群拥挤，她却以优美的动作，娴熟地舞动水袖，让观众们不由得为她捏一把汗。那个女孩正是豆豆。

彼时，戏楼旁的菜馆有道招牌菜——小米煎饼卷黄豆芽，是遵从古礼，用来招待看戏亲友的。淳朴的习惯保持至今，村里家家户户都做。春天，其他孩子放学后，带上扎成草狗的柳条，各处玩耍，三五成群地唱着儿歌："豆芽菜长啦，梭庄戏黄啦。"而豆豆则喜欢静静地待在家里，帮妈妈做家务，待金黄的豆子开始萌发，用小手揭开纱布，将湿漉漉的豆苗取出，把个别的烂芽甄选出来，避免腐坏，然后重新放回笸筐，整个过程一丝不苟。最后，留下的豆芽颗粒饱满、大小均匀，露出的那一段晶莹的白芽，比画上的芙蓉还娇嫩。

豆豆的爸妈老李夫妇早些年在城里的工厂里忙碌，没时间照顾孩子。豆豆中学时代的生活，全由自己打理，学习成绩也很优秀。上大学后，她也没有像有些同学那样放松要求，依然努力学习，先后取得教师资格证和心理咨询师证，毕业后又不停地参加各种考试。这两年厂里没有订单，父母年纪大了，生活好像没有了退路。懂事的豆豆，便去新开的火烧铺帮忙，并利用短视频销售。由于为人天真活泼，吸引了众多关注，一天可以多卖两三百个火烧。每次从店里回来，她都不忘将刚出炉的热火烧用锡纸包好，带给老妈，顺便聊两句让老人开心的话。听母亲讲，豆豆房间的灯经常亮到深夜，像天上的星，闪着光芒。

老李端上一盘热腾腾的炒豆芽，香气扑鼻。小芽如花，入口细嚼，鲜甜脆爽。窗外稀稀疏疏的梧桐叶，在阳光里摇晃。一树花枝，印在淡蓝色的天上，空气中浸透着醇厚的桐花香。

2023 年 4 月，百脉豪庭

寻找长生草

　　春日午后，又是细雨蒙蒙，看着假山上枝叶舒展的长生草，心中油然生出一股欣喜——移栽成功了！这些精灵似的植物为假山平添了许多生动和灵气，当初为得到它们还真是费了一番周折。

　　那时候绿化庭院，原本打算将全部工作都交给工人来做。有朋友建议，假山石上最好栽种一种叫卷柏的野生植物，又名长生草，既可美化岩石，又含有长生不老的寓意。后来查了一下，这种草的确有超强的生命力，它们旱季卷曲成团，看似毫无生机，但只要一场雨，就会伸展开枝叶，流露出醉人的绿色。像缩小版的松柏，既可以单独盆栽养植，也可以做微观盆景，还可作为环境指示物——感受到一点工业污染，便会枯萎死掉。

　　这种草，被称作瓦神，属镇宅之物，我小时候曾经在农村老房顶瓦上见过。但是不熟悉的人很难找到。正在一筹莫展之际，忽然一位老人的身影从记忆中闪现——畜牧专家刘老师。记得三十年前，单位门口有家叫蒋羴鱻的饭店，我和刘老师经常光顾。他受上级畜牧部门委派，到区县做草场分布调研。刘老师性格内向，但知识渊博。我清楚地记得，那时候茶余饭后，他闲坐阶前，会给涉世未深的我讲些社会见闻。想到这里，我立即拨通了刘老师的电话。听了我的想法，电话那头的刘老师沉默了几秒，而后传来他沉稳的声音："如果非要去找，旭升乡木场涧村古道上有，移栽必须要下雨天才行。"当时窗外正下着小雨，我放下电话，犹如脚下生了翅膀一样，急急忙忙冲了出去。

　　齐鲁古道上冷风飕飕，雨中四顾，半日寻觅不见"仙草"踪影。我整个人像泄了气的皮球，就在即将放弃的那一刻，远处山上，仿佛传来牧羊犬的吠叫，空中枝叶飞舞，四边的枯树好像都活了起来，让人恍若在梦中穿行。王国维云："不成抛掷，梦里终相觅。"我不由自主地来到转弯的洞穴处，俯身扒开洞口周围的树枝，在怪石嶙峋的岩缝中，竟然生长着一大片卷曲的植物。它们身材矮小，主茎直立，茎生须根，鳞片叶子抱团，呈密集覆瓦状排列在裸露的岩壁上。再三打量，确认这正是我苦苦寻找的长生草，那一刻，心里有说不出的惊喜。于是像接生婴儿似的，我小心地移出几棵，回来栽在假山的背阴处，细心呵护，期盼着"仙草"能适应这俗世生活。

　　长长的等待，终于如愿以偿。我俯下身子，抚摸着那些被移栽的小草，陷入沉思。生死本是自然规律，如果真有不死草，生生之道就会停止。但重要的是，那种无论在何种环境下都持有的不屈不挠的信念，才是永生的根基。

2023 年 3 月，百脉悦府

锁在春天的记忆

　　明水古城泉水众多，水涌量大，自然形成东西两处泉水河湾，俗称东、西麻湾，相当于城市的左右肾。阳春三月，春风骀荡，树木染上新绿。西麻湾被一大片碧色所沁染。浅湾处芦苇丛生，苔藓密布。当年的柳枝变成柳林，在路旁垂下一条条绿绦。

　　位于西泉桥侧的眼明泉，水涌若轮，水花四溅。簇簇水珠缓缓升起，水面如雪花般绽开，淙淙有声。有时像大鱼吐水，极轻快地上来一串水泡。漫石而流的泉水，好像在与周边互动，水流过处，水藻如梳，好似把贮存的绿色全拿了出来，天越晴，水藻越绿。

　　据说当年唐太宗东征时路经此地，军士患眼疾者，经男女二童指引，以泉水洗眼皆愈，而二童倏已不见，只留下至洁的泉水。当地为此特建眼明堂庙，内塑童男童女神像，以为纪念。村名也改为眼明塘。

　　20世纪80年代，家住汽车五队宿舍的双胞胎侄女，曾带我来此捉鱼虫。那时庄稼已经收了，水湾显得很大，残破的土坝上偶尔有遗落的一两截断藕，一些黄叶的野蔓配着三五枝芦花。两侧低矮的山丘上，清晰可见菜畦中短短的绿叶，四处空旷明朗，颇有郊野的意味。

　　参加工作后，单位在一条马路西头，紧靠西麻湾。空闲时，我会去树林里练声，脚下常走的是条土路，旁边是林木，有潺潺的溪水，附近是连片的屋宇房舍，看不清尽头。记得当时练习最多的是《马家军破世界纪录》的新闻稿，电线杆上的大喇叭里播放着黄家驹的《海阔天空》。为使自己尽快融入更广阔的世界，心弦总是绷得紧紧的……

　　青石板上，踟蹰的脚步声和流水的淙淙声夹杂在一起，似乎在互诉往事。一不小心，一脚踏入积水，浑浊的水花四射，又落到湿漉漉的草丛中……儿时走过的路已无从寻找。

　　这时下起了小雨，雨点轻飘飘的，打湿了那段青葱记忆。

2023 年 3 月，济南章丘

不变的汤包

　　杨家巷为众人熟知，是因为一种美食——羊肉灌汤包。其实，杨家巷并不是具体的街巷，而是一座村居，其精神意义远大于实际意义。沿济南高速埠村的出口下来，进入一条长街，便是人人皆知的杨家巷了。

　　早春，乡村尘烟里玉兰花盛开，零星花瓣散落在阳光下。杨家巷是回族聚居区，清真寺的尖顶，高举着信仰直抵上空。院墙砖石的纹理如同天书，为老旧的房屋增添了厚重神秘的气息。寺外回廊布满尘埃的墙壁上，有阿拉伯史籍中记载的壁画。穆斯林在清真寺内虔诚地诵经祈祷，吟诵"赞圣词"，讲述创始人的事迹。这些独特的建筑和民族风情，源于特殊的历史和文化。这里曾经诞生了全国第一部《村民自治章程》。

在太阳光的照射下，曲折的街道被斑驳的屋影分割开。我边走边看，思绪万千——原来简易的包子铺变了模样，前店宽敞明亮；后院竹林环绕，墙角花开繁盛，石缝里青草丛生。

找一张桌子坐下，我立即呼唤店家点餐。吃汤包的乐趣就在那一抓一吸间。包子皮稍硬，是用烫面做的，否则包不住汤。汤是肉汁肉皮一起煮成的，里面可见一些碎肉。抓和吸相配合，吃肉的同时还可以品尝到汤汁。汤包还是那个味道，但人的口味在不断变化——年轻时总不喜欢既吃肉又喝汤，觉得汤汤水水不够实在，且齿颊之间总有种腥膻之气。现在反而觉得汤汁也挺好，口感软糯滑嫩，唇齿留香，还可温补气血。

口味的变化与生活阅历大概或多或少也有关系。记得三十年前刚入职时，在当地第一位全国人大代表回乡的欢迎仪式上，我站在崭新的清真寺门口做现场报道，锣鼓喧天的场面让人振奋。好像转瞬之间，我便决定离开单位，去远方开拓新市场。每次上高速前，我总要给车子加油，检查样品，独坐在路边飞扬的尘土中饱食一顿肉包。眼前浮现出即将穿越的幽幽隧道，如长管状的曼陀罗花。那时还想暂时保留编制，想到之前的奋斗，此后余生种种，不免有些感伤。人也许在决定全力以赴之前，总会有犹豫，因为那意味着没有选择回头的余地。

时光流逝，街市依旧，那些擦肩而过的人，不知不觉中如青烟一样被风吹散。俗话说，来路也是归途。有言道，当一个人决心要将自己投身于某件事情的那一刻，万物皆会为其助力。

刚下高速的旅人，若坐在我刚才的位置，品尝着同样的美味，对这汤包，不知道会作何评价。

2023 年 3 月，济南埠村

草木有情

惊蛰过后，春寒渐退，连着下了几场春雨，天地之间散发出氤氲的暖意。我向花池里一瞥，刚移栽的花株，枯叶倒垂，花瓣褪色，没了新苗的青嫩。不知怎的，心里突然生出几分悲悯。

遥想青年时期，心里只有"功业"二字，从不去留心花草植物。有一次，单位隔壁建设银行宿舍养了一株昙花，被视为稀罕之物，周围的人都排队去观赏。在我看来，这实在是小题大做。城里有一座很小的公园，山坡上长满杏花、桃花、梨花，对面是中心体育馆。有时间的话，我宁肯到操场走一圈圈的跑道，也不去公园。即使偶尔从中经过，也是心不在焉，对什么无花果、含羞草……也都没有兴趣。有时候去紧挨公园的医院看病人，为了抄近路，我直接穿过花丛，踩花而过，也没觉得有什么不妥。

等到下海后，有段时间心里空虚，每天会去看那些花草。最初，公园内冰雪微融，黄叶满地。不过几日，气温上升，百花绽开花簏，配上碧空暖阳，有种舒适的感觉。春暖人闲，依稀传来吊嗓人的声音，空气中带着花草的气息，给人鼓舞。如今想把眼前美丽的花记录下来，却总是忘记它们的名字。而生活中遇到的人，只要接触过的，都会刻在脑海里。于是推人及花，像重新认识世界一样走近它们。花儿对我似乎也不再陌生，微微抬头，现出淡淡笑意。谁说草木无情！

春天是播种的季节，网购的花苗陆续到货。饭后我与妻子说说笑笑，来露台栽种。我俯身松土，种下新苗，精心守护，静待花开。终于明白，人在世上走一遭，和自然的相处之道在于惜花自爱。黄昏薄暮时，灯火阑珊，我环顾四周，夜色中有种彻底的寂静，身心似乎也变得柔软而透明，慢慢融化在这带着花草气息的微风里。

2023 年 3 月，百脉悦府

兔年兔梦

每年春节，美国邮局会按照惯例，发行一枚以中国十二生肖为主题的邮票。今年兔票上的兔子，脸形像两条鱼，寓意"年年有余"，耳朵上戴着中国古代的耳坠，头上戴着皇冠，整张脸像京剧脸谱，憨态可掬。一经推出，格外抢手。

回国前，久未联系的老张突然发来信息，要我帮他带套今年的生肖邮票。虽说有点突如其来，但对于有着共同爱好的朋友的请求，我欣然答应。

老张头脑灵活，兴趣广泛，喜欢搞些花里胡哨的收藏。平时他也会搜罗些稀奇的动植物标本送我，给人不经意的惊喜。在他看来，藏友之间互相交换藏品，也是一乐。

刚到家头两天，我一直在倒时差，从夜晚眼睁睁到天亮，白天又像是在梦中。人类用钟表来计算时间，却又被自己制订的时间所束缚。但想到老张的急切心情，我再顾不上这些，径直朝他家走去。

老张属兔，今年是他的第五个本命年。三十年前，因为偶然看到一则獭兔养殖信息，他毅然辞掉工作，凑钱买了种兔，一头扎进后山的兔舍。日出前为仔兔喂奶，晚上为母兔喂草，事事亲力亲为。凭着一股不服输的劲头，短短几年，老张便成了当地有名的万元户。正是这段岁月，使他对"富贵险中求"有了异乎常人的理解。后来，他抓住开放国门的机会，在村里建起大型的繁育加工中心，产品远销海外。也是在那时，他以农民企业家的形象频繁出现在电视节目里。一来二去，我们便成了朋友。他那时而聪明、时而迷糊、时而安静、时而跳脱的形象，让我怀疑前世他真是只兔子。

然而转眼间，獭兔市场过热，价格下跌，老张的十几年心血化为泡影。后来，他又尝试着做木材加工和农业旅游项目，虽拼尽全力，却难以再现过往的高光时刻，渐渐从人们视线中消失。

老张家所居的小区在一个临溪水的山坡上，可俯瞰城区，显得格外幽静。正在整理花木的他，身形消瘦，两鬓斑白，创业的激情早已不再。他将过去的照片钉在木板上，做成兔宝宝模型，黄色的、黑色的、雪白的……每只兔子都用后腿支撑着站立起来，灵动巧妙，神情各异。他还让儿子帮忙，把照片置成一个圆圈，像木马一样来回转个不停，赋予它们立体的美感和生命力。他按当年的业务范围，在墙上标记出地图，梦想着将来去那些国家走走。对于他这样的想法，家人都不理解。他却认为，这些看似无用的想法，像花草的根系一样，有着生命力。

从门口吹进来的风有点凉意。他轻晃茶杯，啜饮两口，然后戴上眼镜，满怀柔情地对着没盖戳的邮票端详，用手抚摸，嘴里发出悠悠的嘘声，而后慢慢说道："年岁久了，许多过去的事情开始混沌不清，与其忘记，倒不如把它们收藏起来，不负生活的馈赠。"那神态，与其说是和我对话，倒不如说是喃喃自语更准确。正午的太阳，夹杂着困意，穿窗而入。昼和夜，盛与衰，循环交替。人生短暂，唯有过往永恒。

2023 年 3 月，山东济南

河岸星光

清澈的芝加哥河，平卧在陡峭的河岸中，如一条青绿相间的碧带，看似舒缓，其实积聚着巨大的能量。河水为了寻找新出口，突然掉头转向，成就了一座繁华的都市——芝加哥。

黄昏的芝加哥城，后现代风格的高楼大厦被金色的夕阳笼罩，衬托着暗绿色的楼影，犹如万花筒般色彩斑斓。河堤上一簇一簇树叶落完的枝干瘦削而锋利，成群的鹭鸶掠水而飞。春节刚过的一天，我站在河边的中心球馆门前，正看着"飞人"迈克尔·乔丹的雕像出神。一位身材魁梧的黑人小伙一晃而过，笑着朝我打了个招呼，忽然让我回过神来：这里即将上演一场颇受关注的公牛队主场比赛。

馆内悬挂着巨幅商业海报。看台内层的酒吧里，人们品尝着美食，说说笑笑，甚是惬意。比赛开始前，举行了盛大的中国传统舞龙灯和太极表演。大屏幕上，出现了一个熟悉的身影——刚才和我打招呼的那位黑人青年，他正在接受采访，宽厚的胸膛上搭条红围巾，身体轮廓挺拔如同雕塑，一副时尚的眼镜透出单纯且充满激情的目光。

采访内容是庆祝他的公司成立十周年，而后大家同中国使领馆的工作人员一起，祝贺节日。这位青年名叫皮埃尔，名校法学专业毕业，家里有一家开在中国城附近的律所。他的祖父老皮埃尔，曾担任过州长，整条街道也以他的名字命名。当年的皮埃尔在学校时不顾家人的反对，一心想当球星。凭借出色的身体素质和刻苦训练，终于成功签约，成为万千球迷追逐的明星。正当他踌躇满志时，命运和他开了个玩笑，在一次激烈的球场拼抢中，他意外伤到了腰椎，从此不能继续他深爱的篮球运动。据目击者讲，如果不是为了避让观众，他的伤势不会那么严重。然而比赛如同生活，没有如果。他只好怀着复杂的心情，结束了自己的篮球生涯。退役后的他几经周折，最终成功创办了一家运动鞋公司。作为一名企业家，他又成为人们关注的焦点。

球赛很精彩，回去的路上，耳畔仍回响着观众从喉咙里砸向四周的尖叫声。然而，这个青年的故事却让我念念不忘。踏过水波般的灯火走进夜海，聆听河水碰到岩壁转弯时发出的不同声音。两岸千楼万阙灯火通明，空气中几缕腊梅的幽香传入鼻中，一切豁然开朗。

我突然想到木心的一句话："万丈深渊，跳下去，也是前程万里。"让我感动的不是因为他的成功，而是因为努力本身。深夜的水汽氤氲中，我仿佛看见一幅画面——黑人青年站立河边，看着一波微澜，在忧郁的波涌里打捞那些失落的繁星，像个霸图未成的将军——成为一个光明的瞬间。

2023 年 2 月，密歇根安娜堡

铃儿响叮当

　　周末女儿与同事小聚，顺路参观旅游小镇，邀我一同前往。立春过后，地面的景色变得明净，树枝的颜色由深棕悄悄变为鹅黄。清晨的阳光冲破薄雾，从山后柔和地洒过来，草地上透出茸茸绿意。

　　小镇的路口，一座木制拱门上用英文俏皮地写着"天天都是圣诞节"的字样。放眼望去，稀疏的树林中间，一条小河从古老的木桥下穿过。微风拂过，水纹细如鱼鳞，时左时右，随光影律动。河岸的橡树上点缀着红白相间的花环，与镇上的教堂建筑相互映衬。停车场旁边矗立着一棵高大云杉装扮而成的圣诞树，正中擎一支闪亮的蜡烛，树上挂满了冬青果和槲寄生组成的垂花彩带，仿佛一缕缕彩云从树上飞出，天空树影，倒映水中，让人想起"仙境"二字。忽然觉得，不远处应该有一个垂着长发的小小仙女，披着雪白的纱衣，手持牧羊杖，赤脚唱着歌，歌声回绕河谷……

　　正想着，耳畔传来熟悉的音乐："冲破暴风雪，我们乘雪橇，驰骋田野，我们欢笑歌唱……"跟随这欢快的歌声，大家来到一家圣诞礼物超市。礼堂般的超市内装饰华丽，墙上闪烁着几百支蜡烛。新奇的星空灯、流光瓶、精致的木刻画、创意的手链吊饰……应有尽有。我到过的阿拉斯加圣诞老人之乡商店里的物品，都没有这里齐全。虽然节日已过，顾客仍络绎不绝。驯鹿雪橇旁是皮尔彭特的塑像，虽然他一生屡遭失败，却为孩子们写下《铃儿响叮当》这首歌，被全世界传唱，成为圣诞节不可缺少的旋律。我仿佛看见，一个时间旅人，唱着歌乘着雪橇，独自穿过整个冬天，又消失在风雪中。

女儿的同事是位阳光自信的英裔小伙，他把我们带到附近一家酒吧，热情地介绍小镇的特色，并从吱嘎作响的橱柜里取出一瓶自酿的威士忌，供大家品尝。酒色透明，略带浅红，入口盈满天然果脯和蜂蜜的甜味；而后慢慢有了炙热的感觉，有种皮革、泥煤的矿物质味道；品到最后，雪松木的味道极为香烈，余味萦绕于味蕾间。

聊起个人经历，小伙子用沙哑略带金属质感的声音说，他本是会计出身，工作后发现，会计师事务所的工作留给自己的时间较少。为追求自由，他改行开起了咖啡店。咖啡店最初生意红火，他又与朋友接手镇上一家威士忌酒厂。不承想受疫情冲击，生意惨淡，苦苦挣扎了两年，最终难以为继，大家只好各奔东西。已过而立之年的他，感到无比沮丧。在女友鼓励下，他申请了会计师资格，重新应聘进入公司。最后他平淡地说道：过去的经历并不会让自己后悔，那些被认真对待过的岁月，都会铭刻在心。我听后肃然起敬。

不知不觉，我进入微醺状态。阳光照在窗户上，光影反射到造型复古的酒杯之上，产生了奇异的效果，宛如调色板，将蓝绿粉红都调和进威士忌，像刚滴到宣纸上的水彩，慢慢浸润开来……

《铃儿响叮当》的歌声，仿佛又重新回荡在充满风雪的人生旅途上，余音袅袅，涤荡心灵。

2023 年 2 月，密歇根安娜堡

小镇市集

听说休伦河畔小镇有个传统市集，颇有几分世外桃源的意味。我带着几分好奇，欣然前往。

冬天的小镇到处白雪皑皑，大地无声地冻僵在积雪下，世界像川端康成笔下寂静封闭的雪国，遗世清净的美被冰封起来。蜿蜒的休伦河连接湖泊湿地，湖面大都被冰层覆盖。然而未结冰处天光云影，野鸭和天鹅在水中悠游嬉戏。湖水的另一边是山丘和洼地，一望无垠的杂树林自然生长。两百多年前，欧洲人来这里传教，并与印第安人进行木材贸易。路边田野中褪色的伐木工照片，分不清年代的墓碑，是西方文明来到这片土地最早的印记。

热闹的街口旁是一座哥特式的建筑，彩色玻璃透出一种古典的华丽，钟声荡涤着人们的心灵。偌大的市场内，鲜丽的瓜果、冰藏的海鲜、精致的手工艺品等混摆在一起，井然有序。摊位之间有足够的空间，可以让人们东看看西瞧瞧，各取所需。最大的水果摊在市集中央，里面的苹果不仅个头大，而且饱满新鲜，浓浓的果香扑鼻而来。逛累的人，可以到海鲜摊位前品尝，不管是以洋葱橄榄为辅的烟熏三文鱼，还是蘸芥末的日式刺身，都不乏吃得津津有味的客人。

等待女儿挑选苹果的间隙，我看见雪地里一位戴老式眼镜的售卖土豆的黑衣长者，独自静坐在年久的橡木桶旁，望着天空的云线发怔。老人眼睛很大，清澈如水，眼角布满深深的鱼尾纹。他黑瘦的脸颊棱角分明，与印象中新疆喀纳斯的图瓦人有些相似。

等女儿忙完，我们走过去，在那一堆大小不一的土豆旁，和他闲聊。老人是本地人，一直在镇上教书，家里还有老伴。年轻时他喜欢去教堂做义工，义务打扫卫生；退休后，他在教堂后面开荒种土豆，闲暇时遛狗散步，生活简单自在。种植的土豆除了满足自己生活，剩余的拿出来卖，或分给需要的人，成就感满满。

他坦然又略带忧伤地说道，这世上不时有天灾人祸，虽然都与他无关，对他的生活也没有影响，但这些不好的事情到底源于什么呢？他说自己没有太多欲求，就是种更多更好的土豆，让镇上的人都能吃到。说着，他将一小盒土豆递给我品尝，像是骄傲地捧出自己的辉煌勋章。

此时，耀眼的光芒从树林间升起，高低错落的房檐上，晶莹透亮的冰柱开始融化，一滴一滴，泛着莹莹蓝光。我俯身接过那些果实，在人影幢幢的雪地中，灵魂仿佛被一束光照亮。

2023 年 2 月，密歇根安娜堡

青花缘

春节过后，密歇根依旧是一年中最冷的日子。大雪漫舞，晶莹的雪花在飘摇的宿命里，展示着生命的率真和顽强。在极寒的冬日，我意外收到陌生中国夫妇的邀请，感到一阵惊喜和温暖，思绪随即飞到了几天前的古玩店里。

当时我正被一件民国青花瓷器吸引，只见其设色浓而不俗，笔触既细腻又潇洒，准备收入囊中。但听店员讲，之前有一对中国医生夫妇也喜欢，因为有事，没来得及付款就离开了，不知道会不会再回来。听闻此言，我赶紧物归原处，回家后几乎忘掉了此事。不想后来医生夫妇听闻后十分感动，请商家转达谢意，并邀请我去家里做客。不经意的举动被人理解和认可，我心里感到无比的快乐。

雪后的街头，最美的是那些教堂和学校的建筑，高低错落的屋顶覆盖在积雪下，像穿了件合身的白大褂，改变了原有的气质，凝塑出一种深沉静谧的美。医生夫妇的家在河畔密林之中，与那片古老的建筑隔水相望。河面雾气缭绕，河水缓缓流淌，沿岸老树枝蔓粗壮。医生夫妇家门口一棵独自生长的松树上，清冷的松针挂满了雪花。一扇明亮的玻璃橱窗上，写着"中医诊所"几个汉字。

看到我后，医生笑脸相迎，他明亮清澈的眼睛，让人油然而生一种亲切感。屋里有一些鹿茸、鹿角制成的工艺品和中药材，《本草纲目》《针灸大成》等书籍摆在药箱上。一张巨大的人体经络穴位图前，夫妇俩为我沏茶倒水，脸上始终带着温和的微笑。

抬眼望向窗外，后院满山遍野长满植物，残枝之下处处蕴藏着生机。医生介绍，这些都是他们自己种植的中草药。只见菜畦旁，山血丹撑起伞样的叶子，上面一簇簇红红的果子，具有较高的药用价值。几株草珊瑚长在水边，含苞的果实可治疗喉咙痛。结香耷拉着脑袋，倔强地开出一丛丛小黄花，色如初开，打破冬天的肃穆，在寒风中飞舞。连片生长的龙舌兰生命力旺盛，枝叶苍翠鲜绿。这情景，恐怕只有鲁迅笔下的百草园才能媲美吧！等到春天，这里一定是个庞大的中草药王国。

医生不无自豪地回忆道，想当年他们和几名针灸专业优秀毕业生被临时选派赴欧美国家，从事中医推广工作。最初也是辗转流离，最终凭借过硬的技艺和诚实守信，得到许多患者的信任，取得永久行医资格。我随口问，国外看中医的人很少吧，生活是否特别辛苦？他顿了一下说道，非也，除当地华人，也有许多外国人前来咨询。自己已经很难离开这个行业了，只是这些年远离家乡亲人，难免会感到孤单。

医生放下茶杯，眼里闪着光芒，接着说道："时间久了，有些外国朋友会对中国文化感兴趣，我也会将国内的茶叶、瓷器等商品介绍给他们。"他深情地说，也许只有离开熟悉的地方，才能怀念那些不曾留意的东西，发现其真正的价值。站稳脚跟之后，他也会将遇到的一些流失海外的中国文物无偿送回国内。

"若为化得身千亿，散上峰头望故乡"，墙上的这副对联让我感慨万千。人无论在哪种境遇，通过诚实劳动，追求属于自己的生活，用一颗悲悯的爱心善待世界，是多么难得的品质啊！

树上的积雪随风飘散，发出沙沙的声音。这个世界上对我们来说最重要的，并不是那些生活中惊天动地的改变，而是澄澈透亮的心灵，以及嵌在脑中终生不忘的至味乡愁。

2023 年 2 月，密歇根安娜堡

朵颐之间

窗外的雪，让冬日变得宁静。女儿在小红书上更新美食攻略时偶然发现，学校周边竟然聚集了几十个国家的小吃，那些盛放在精美器皿中的佳肴美食，不禁使人垂涎欲滴。

还是女儿最懂我，提前预订了餐厅。休伦河畔的西班牙餐厅，有最美的黄昏。我们停下车，沿着墙壁上的马赛克装饰图案，走进一家有着巴洛克风格的红砖建筑的餐厅。天花板上的雕刻精美极了，镶嵌着暗金色与绛红花纹的马蹄形壁龛拱门上方是两行金色阿拉伯文。大厅内设有喷泉，彩灯反射中五颜六色的水珠在晶莹的水池内跳着风格独特的弗拉门戈舞，人影随乐曲晃动。酒店老板是西班牙裔犹太人。一位混血的白衣女子在橡木餐柜前迎客。

她胸前挂着一串念珠，像一朵开在寒冬的素馨花，散发着馥郁的芬芳。八角壁炉在橙色背景下熊熊燃烧，空气中弥漫着淡淡的雪松木香味，柔和的灯火透过来，让人很快被新奇神秘的阿拉伯风情笼罩。

此时疲惫早已灰飞烟灭。按照西班牙餐的传统，我们点了黑椒牛尾、脆酥鸡蛋饼、风味椰枣、烟熏鱼四个小盘，外加一份海鲜拌饭。无论哪一道餐食，都看得见制作厨师的脸。小盘配菜并不固定，可荤可素，可冷可热，既保持原味，又不会同质化。等菜上了桌，在西红柿酱中放入一块烤牛肉，咀嚼时心里有种平日狼吞虎咽时的痛快。女儿介绍说，在提味的佐料中，需要欧芹、零陵香、莳萝、青蒜和橄榄油。零陵香又叫薰草或者九层塔，古称菌或蕙，也是《楚辞》里最常提到的香草之一。一番大快朵颐后，尝到古人"无声细下飞碎雪""放箸未觉金盘空"的滋味，从色彩、香味到口感，不同感官都得到了满足。

女儿原本吃西餐不消化，为融入当地，不断尝试各种口味，同时也在思考食物背后的变迁。毕竟生命在于体验，无论饕餮大餐，还是青菜豆腐，都要尝尝。当年我自己在她这个年纪，对食物根本没有要求，所思所想只是可以干什么事，将来会有什么成就，想到这里，心中生出莫名的宽慰与感动！

这时候，一位长者推门而入。他的年龄写在仰起的脸上，穿一袭黑色翻领薄袍，着一双老式贵族皮鞋，叼着马格里特烟斗，在靠窗的位置坐下，似乎带着经历漂泊的疲倦。在他面前，一幅金黄色壁画镶嵌在棕色回纹雕漆木框内。画面中，远近山丘嶙峋多骨，有裸露的白岩、苍翠的橄榄园，还有已成废墟的古城堡孤零零地兀立在起伏的山坡上，或许那就是堂·吉诃德的故乡吧。

风从窗子吹进来，金黄色的炉火被吹得摇曳不止，画面中暗淡的土壤变得越来越红。柔和的灯光映照着桌上的菜品、考究的容器，平添了几分历史感。

古人云："人莫不饮食也，鲜能知味也。"在人类文明中，人与食物的关系，就是人与世界的关系。我们追寻的是能够带来温暖和幸福感的食物，而饮食文化都是相融的，也因此呈现了一个丰富多彩的世界。

2023 年 1 月，密歇根安娜堡

寻味随想

一日，女儿提议，周末去超市买几只螃蟹改善下生活，一并寻找那鲜活肥美的童年至味。

女儿平时习惯去附近的美国超市购物，那里环境整洁，各种新鲜蔬菜水果、牛奶糕点、冷冻食品应有尽有，唯独缺少了放在火上还可以欢蹦乱跳的活海鲜！

春节将至，亚洲超市的货架上层层叠叠摆满年货，卤味熟食、肉馅、各种调味品，国内有的，这里基本都能找到。一侧塞满冰块的柜台上，散发着浓浓的海水味道，各种鱼类、螃蟹、龙虾，一应俱全。超市内还设有简易餐厅，与外面的酒吧、卡拉OK歌舞厅相连，一条龙的服务模式像是回到20世纪90年代的国内。

水产铺里，几只结实粗壮的温哥华蟹静静地待在玻璃缸底，褐色的长腿弯曲着。不管用什么碰它们一下，它们都会马上扑上来，用钳子死死咬住不放。柜台内，一年不见的老余，穿一双厚底胶鞋提刀站在水里，喘着粗气。他一抬眼认出我，立马热情寒暄："今年蟹子不多，来得正是时候啊。"老余来自浙江丽水的青田县，身材不高，身体结实，是超市老板同乡，几年前和村里人一起来到这里做生意。开业之初，像"宋人资章甫而适诸越"，总是根据自己喜好组织货源，以至于货物很久卖不出去，于是迅速调整策略，从亚洲人口味入手。既然像龙虾、螃蟹这样活的东西人们都很爱吃，其他超市又没有，那就想办法采购。

老板们深知物以稀为贵，一种货物从原产地运到遥远的地方，不但价格翻倍增长，而且供不应求。在这个亚裔人口不到百分之三的地方，超市居然已经开了几家连锁店。

老余他们不分寒暑，自己开车去海边，在看起来极危险的海岸或倾斜的甲板上，逐个亲手挑选产品，将蟹子用草绳绑上——手指数度被刺伤，也忍痛坚持。每次进货，身上都会留下像刚刚爬过蜗牛一般黏稠的痕迹。和顾客交易时，他们刀法精准，动作麻利，称完重量，折蟹脚，开蟹斗……一通操作堪比庖丁解牛，让人眼花缭乱。所谓用心者得天下，他们渐渐凭海鲜销售打开市场，有了知名度。所幸辛苦付出后，收入也不低。

我选好蟹子交给老余，女儿远远站在身后，不忍直视。老余边打包边不厌其烦地向我讲解：蟹脚上的肉怎么才能剔出来，脐里的肉怎么才能剔出来。我倍感温暖，连连点头称赞。

蟹子是至味，清蒸或红烧后呈橘黄色，蟹肉紧实口感醇厚。女儿剥得精细，用蟹爪当工具，剥出来的肉不立刻吃，都放在蟹斗里，剥完之后加一点姜醋，拌一拌再入口，一边吃一边把蟹螯上的骨头拼成一只很好看的蝴蝶。桌角参禅一样的猫咪看到，缓缓走过去，对着这只逃脱的蝴蝶皱眉发愣，忽然又追绕着自己的尾巴玩去了。看着猫咪慵懒的姿态，想起老余最近因为劳工签证到期就要离开，心中不胜感慨。

人类真的像寄居在时间大海边的蟹子，在横冲直撞间不断寻找适合的地方，直到有一天无力再走，只能接受命运的安排，把壳还给世界。想到这里，心里不免生出淡淡的失落和忧伤。在这个我们必须面对的无常的世界，不仅要无愧于生活，还更应该常留一份温情给自己，毕竟生活的主角就是自己啊！

2023 年 1 月，密歇根安娜堡

街角的咖啡馆

一股寒流刚过，气温开始回升，几缕阳光瞬间使心情不安分起来。女儿屋后有个背靠马路的大院子，没有种菜，而是栽种了些无用的小树，枝条横七竖八地卧在雪地里。虽说"一九二九不出手"，我还是忍不住趁午后来到屋外，将它们捆扎起来，内心也变得愉悦起来。

　　院外枫木凋零，鹅卵石步道旁一棵落光叶子的大树在寒风中耸着肩，斜阳照射在浑圆的丘岗上，衰草浮动。几个健壮的老外，身着短裤，领着爱犬，满头大汗地从眼前跑过。远远地，拐角处咖啡馆的玻璃门一闪，一位身材高挑的华人老太太缓缓走进去，步态稳健充满朝气，她也是我的邻居。咖啡馆旁边是间杂货铺，在异国他乡看到这一幕，倍感亲切。在这样偏僻的地段，小小的咖啡店相隔不远便有一家，每天都有不同的人进出。一杯咖啡可以品尝十分钟，也可以品尝一个下午，一切都是心情说了算。

　　远远闻到略带焦苦的香味，仿佛感受到了咖啡的浓郁丝滑。想起女儿说的话：茶还是咖啡，这的确是个问题。一瞬间，我决定摆脱困扰，大踏步向咖啡馆走去。

　　略显空旷的店堂里，磨豆机正在烘焙打磨咖啡豆。研磨好的咖啡粉从手控的粉仓出来，店员小哥小心翼翼地将其煮熟，冷萃打奶，空气中弥漫着咖啡末儿的酸苦味。书架上摆着各种图书，旁边摆放着诱人的甜点。僻静的角落，一位中年人捧着咖啡在写作。邻居老太太选了靠窗的位置，身边簇拥着三五个学生模样的年轻人。他们声音不大，但气氛温馨而热烈。我点了杯摩卡，坐在老人附近的座位，糖块开始溶解，我用心品尝这醇厚的感觉。

　　落地窗前，邻居老太太凝然不动的脸上满是皱纹，背有些弯，但精神饱满。她先是不说话，独自剥莲子，手边素雅的陶瓷杯冒着热气，像一幅铅笔肖像，在年轻人说话的间隙会偶尔作个小结："不同年龄段，自己感觉并没有什么不同，但是社会对你的要求在变化。""财富不是不重要，物质也不是不重要，为自己着想是天然的。""一个人不必按他人的方式行走，如果放弃自我，一味因循守旧，如同有位老学究式的人物手持教鞭打着你，那就不是在走一条路，而是在背一本宗谱。"她不时地谈一段历史，讲一个现象，表明一种观念，学生们也随时可以插话讨论。有点像当年苏格拉底在广场和街头与市民随机交谈的场景。

咖啡馆里坐满了客人，光线越来越暗。老人放下杯子，仿佛乐团指挥放下指挥棒，起身推门离开，好像一切都已逝去。望着老人的背影变成一个小圆点，我不禁心生感慨：如果一个社会中，人们的生活处处雷同，都仅仅是为了生存，缺少精神的沟通，就只能在空虚的生活中挣扎。而这样一间日常生活中的咖啡馆，经营的不仅仅是生意，更是一种生活方式。

回到家，从女儿那里得知，这位邻居老太太是国内某已故著名作家的姐姐，曾在大学从事哲学研究，喜欢义务辅导学生。咖啡浓烈的焦苦过后，留下绵绵香气长久地萦绕在口中。

2023 年 1 月，密歇根安娜堡

异乡的腊八粥

腊八节这天，女儿约几位朋友一起去餐馆吃饭。餐馆位于一座名叫安娜堡的小镇，那里也是密歇根大学所在地。黄昏的路灯下雪花飞舞，我们穿过没有走向的铁轨，周边那些古老的红砖建筑显得湿润又凝重。

也许是春节将至，店里墙上挂着传统的素馨灯，描龙画凤，一片锦绣，这是家台湾餐馆，桌上一排高粱酒瓶反射出细碎的暖光。店主人祖籍浙江，在这里开店已二十多年，腊八的晚餐是每年最讲究的，需用多种谷物熬制成糜粥，以送别时光。

玻璃窗上结满了晶莹的霜花，更觉室内融融的暖意。座上宾客都是华人，他们来自祖国各地，有四大会计师事务所的资深会计师，有刚毕业在当地找到工作的大学生，全都已经好几年没回家了。火炉上熬着米粥，大家促膝而坐。我欢快地讲述自己的事情，忽然有种被需要的幸福感。

浓香渐渐充满了房间，店员端上一个黑色贝面的瓷坛，放在靛蓝桌布搭配朱红的桌垫上。瓷坛釉面映出粉红的色泽，坛口热气悄然而起，带着咸味的香气浓郁，不似麻辣火锅开锅后的激烈和直白。每人舀了两大铜勺，足有一大碗，趁热放到嘴边，香醇至极。人在异乡各种不能名状的情感，这一刻统统都融化在黏稠的世界里。

店主介绍道，腊八粥起源于印度，佛陀经六年苦行，于腊月八日在菩提树下悟道成佛，用一碗上好的腊八粥祈求平安。但美粥不易得，我们沿袭江南的传统，提前一天准备好食材，将糯米、红豆、枣子，加栗子、花生、白果、莲子、百合，用温火慢炖，再加桂圆干，煮得软糯香甜。煮粥的火候也很重要，稀则欠口感，稠则乏情致。在这里买齐这些东西，就要一天的工夫。一些真正好的传统，不分地域和民族。

记得女儿小时候，最喜欢喝姥姥做的大米粥，莹白的、暖暖的米粥上有几根青菜胡萝卜，配上腌好的腊八蒜，粥凉了还可再温。我下意识地朝柜台扫了一眼，女儿马上将醋瓶移到面前，轻轻摇晃几下，不停地冲我笑。大家喝粥就像饮酒，有的聊起自己的妈妈，有的谈论足球。岁月仿佛就这样氤氲在锅里。

结冰的路面上，女儿挽着我的胳膊，迎风前行，温情化成了热气，传递着彼此的努力和坚守。生活总会带来意想不到的精彩，生命也在此刻越发蓬勃。

2023 年 1 月，密歇根安娜堡

航程中

飞往底特律的航班从浦东机场起飞，穿过厚厚的云层，开始了漫长的航行。梦中仿佛被一个极熟悉的声音喊了又喊，一觉醒来，那个声音还在耳边。侧耳倾听，密闭的空间，四周静得那般深沉，除了怦怦的心跳。乘客陆续醒来，几个座位亮起顶灯。我不习惯咖啡的味道，要了一杯可乐，放几块冰。最享受的瞬间莫过于，杯子里泡沫哒哒地炸裂，纯粹清凉的气味率性坦然地冲进鼻孔——总算找回了当下踏实的感觉。

为了这远渡重洋的旅途，临行前找了本《怀特随笔》带在身边。在我看来，每一次出行就像一次新的尝试，把人带入新天地。一阵嘈杂过后，一架精致的空客模型，昂首站立在一堆圣诞礼物中间，像是一只展翅飞翔的白头海雕，羽翼展开的背后藏着自由的力量。小时候，父亲常带我们参观军营飞机模型展，新年这天还会带我们去机场附近的山上。朱红色的庙宇依凭山崖，从那里看到一架架轻巧的飞机从遥不可及的地方依次返航，让我体会到时光的含义。

　　这一念想刚跳上心头，就如同触动了一个神秘的按钮。机身抖动了几下，好像不是穿越气流所致，而是乘客们集体心悸的结果。飞机在碎云累积的空间漫步，笔直的航线引领人们，审视着千百年来困惑着人类的宇宙。东方已微微发亮，绯红色朝霞如藤蔓般生长在云天深处，顷刻之间灿若烟花，四散开来。在宇宙中，我们如同爬行的蜗牛，迟缓地移动在没有极限的时空里。有人说世界是个循环的密闭空间，他一定是在飞机上获得的灵感。……掠过细小的河流，巍峨的群山覆盖着厚厚的"天鹅绒"。夕阳的余晖勉强从天际中透出来，好像把岁月都拉长了。机轮滑过跑道，像一只银色的巨鸟，以完美的动作呼啸疾驰，最终停下。

　　灯突然亮了，机舱内唏嘘声一片。十几个小时，今天和昨天在扶摇直上和下滑之间度过，以至于觉得现在的生活有着好几种状态。宽阔的航站楼，接纳过无数这样的时刻，通过安检后，刚落地的箱子已经在传送带上了，拉在手上沉甸甸的。看到漂泊在外的女儿出现，我喜出望外，其他的任何东西都在此刻黯然失色。我走出机场，深深吸一口气，人也似鸟掠长空，消失在人群中。

2023 年 1 月，底特律

印　迹

　　因为在候车时多看了一眼，便被一枚随性自然的闲章所吸引，温润细腻的青田玉石淡绿相间处，隐约刻着"西泠小涵"的落款，刀法朴拙别致。虽然赶时间来不及细看，心里却长久惦记，号称"天下第一印社"的作品背后，究竟对应着怎样一位篆刻大师呢？希望有机会得以印证。

　　江南秋末，霜降花落。终于有机会通过朋友联系到印社，约好前去探访。小涵工作室位于钱江新城西泠印社店内，门前翠竹掩映，雅致温婉。门店内光线明亮，黄白相间形状各异印石的光影，映在冰凉的玻璃上，悬挂着的"格物致知""天行健，君子以自强不息"等励志格言，寓意高远。穿过长廊，推开木门，只见白毡的大桌旁，坐着一位衣着素雅的姑娘，纤细的手指紧握刻刀，正低头冥想，背后古籍善本摆放成墙。

　　客人的到来，并未扰乱姑娘的目光，两条麻花短辫随手上的动作微微抖动，不一会儿刀石飞舞，去留随心，似有雷霆万钧之势。整个屋里隐隐发出刀锯之声，像瓷器摩擦声，又像花滑运动员从冰上滑过的声音。细看墙上图片得知，原来姑娘是科班出身，拜在名师门下，曾在国展上获奖，擅长刻画鸟虫，上次所见细朱文印正出自她之手，不禁暗自惊叹，这个年纪能达到这样高的水平，确实不多见。

正当我发愣时，姑娘已微笑着走到我身边，不慌不忙地取出刚刻好的印章，找来印膜，在灯下端端正正地摁下去，又提起来，只见青的和杂色部分饴糖似的流布在字缝之间，像一条条闪电，好似神话中女娲炼石补天，神圣庄严得令人屏息。"江花随我开"几个浅红的篆字，每一笔像熨过似的，干净劲挺，浑然天成，透露出作者纯净的心境。看着纸上的印迹，脑海里仿佛浮现出江帆点点的大江，淘尽英雄的江水中傲然盛开着一束潮头之花，在晓日之下清秀至极，经过沉浮，光华依旧。

我像是被什么击中了。人的一生所到之处，总会留下种种印迹，无论时光怎样变换，这些印迹都将永远留在记忆之中。缓缓走到屋外，天色渐渐地暗下来，天空像一幅青色的泥金笺，星星是印在上面的图腾。

2022 年 10 月，浙江杭州

秋　韵

课后，同学老王悄悄走到我身边，从手机里翻出一组图片，大明山的秋日美景便一幅幅呈现在眼前。见我笑着点头，他又马上翻出地铁线路图，好像酝酿许久的赏秋之旅已在路上。

转眼间，飞驰的地铁已在临安城附近钻出地面，太阳光一下子斜射车窗，轻轻地洒在身上，有人眯眼负暄，有人追光游走。不一会儿，塞满车厢的秋阳像长了翅膀，一不留神飞走了。

设计师出身的老王酷爱读书，他学艺修能，广泛接触圈子以外的人脉，很早就在杭州站稳脚跟。如今人到中年，他逐渐喜欢上了旅游健身。因为大明山一直是他钟爱的景点，所以满心欢喜地为我做起了向导。这里贯通徽杭两地，物产丰富，历史上是屯兵休养、积蓄力量之所，也是杭州寻秋时我们最先想到的地方。寒露时节，太阳只出现于山顶树梢的位置，山路两旁的细草上露水未干，清新透鼻的青草气息沁人心脾。清冽的昌化溪水在山石堆积的河床上淙淙流淌，满山遍野的野生板栗树和山核桃树，以昂扬的姿态挺立于斑斓色彩之间。

走过一段山路，眼前出现一大片金黄，那是几棵百年以上的银杏树。满树黄透的叶子从树梢披散到地上，好像把秋天的韵致都聚集在一处。老王说，古时这里庙宇遍布，这些银杏树便是寺院和尚所栽。明太祖朱元璋曾在这里出家，乞讨时不忘习察法度，学习立身处世之道。山崖上有一巨石，平坦如榻，相传朱元璋率领起义败兵逃进山里，靠僧侣和农人帮助招兵买马，重整旗鼓，在石上登台拜将，然后杀下山去，一步步打下大明江山，大明山也因此得名。

秋意一点点向山上渗透，一步一步渐走渐高，人声人影都没有了，像是进入了秋之腹地。我跟着老王做了一组拉伸，身体微微发汗。山路旁一段一段的坡上长着不知名的杂树，叶与细枝间，撒满锯末似的黄点的木樨花树，它将春天开出的短狭的叶子一直铺设到秋季，有种豁然贯通的感觉。我将树下的山核桃剥去外皮，敲开硬壳，里面的核桃仁散发出自然浓郁的香气。

站在山顶抬头望去，云散天旷，远方的地平线似乎仍留有千军万马踏过的痕迹。起伏的山岗连接着具有佛教气息的古城，间杂着这儿几点那儿一簇的屋瓦和白墙，深秋的景色突然变得深沉而平和。一年之秋天，正如人生之中年，低调而厚重，平淡而简远，经历了绚烂多姿的旅途，收获了大彻大悟的清明。

2022 年 10 月，浙江杭州

冷饮店

走出健身房，来到街口，已是斜阳西下时。落叶纷飞，闪躲不及的风吹在脸上，一股凋零的滋味涌上心头。路边花坛内海棠依旧，白色的小野菊一丛丛地从草堆钻出头来，成排的树木编织出缤纷的秋色。

街口市场上聚集了不少摊位，顾客似乎比平日更稠密。逛菜场的人们，袋子里装满鱼虾和应季的板栗、石榴、雪梨，像是做好了贴秋膘的准备。残留的烧烤摊前食客稀少，炭火不再炙热，闪动的钢签碰到扎啤杯上的声音让人忽然勾起对夏日冰凉的留恋。

我咽了咽口水，径直朝一家冷饮店走去。秋深一寸，天凉一尺，漠漠秋风吹过汗涔涔的头顶，竟然感觉到冷，我捂紧了外套。街上有人穿上了羊毛衫，有人戴着帽子，缩着头在冷风中走了一会，我开始后悔自己的乘兴而行。

学校附近的冷饮店是健身房教练所开，门口的哈根达斯雕像造型独特，白色塔尖堆砌在青紫色的基座上，像一团冰冷的火焰。秋天的太阳变得令人渴望，靠窗的位置坐满了人——像是在抱团取暖。推门而入，抹茶冰淇淋前排起长队，刚放学的孩子像嘴馋的猫咪般进进出出，舌头舔着手上的冰棒，眼睛还盯着桌上正在做的冰淇淋。

店员将包装好的抹茶冰淇淋盛放在仿古的冰鉴盒子里，外面是象征四季的图画。打开盒盖，冷气扑面，清香如缕，不一会儿，冰淇淋表面由浅绿变成了淡黄。教练小伙性格果断，说气温下降后店里客人有所减少，但随着几款学生口味饮品的推出，销量反增。年轻人在店铺经营中表现出的耐心和勇气，让我觉得不虚此行。

残阳下，天桥对面的文博中心像一朵顽强的莲花，盛开在秋日黄锈石堆叠的古城上，有些商场已经停业，仿佛万物萧瑟的景况已经到来。不远处一座高高的发射塔盘踞在楼顶，在五颜六色的世界里，乍一望去有些颓唐，少了那种欣欣向荣的味道，却有着一种生命的韧性。

经历变迁后，越发感觉到时间存在的分量和生命循环往复的意义。门口的长椅上，一片树叶落了下来。

2022 年 10 月，山东济南

晃来晃去

窗外的风摇动树叶，发出窸窸窣窣的声音。在屋里憋闷久了，迫不及待地想找个理由离开房间，出去散散步。我一出门就会挖空心思寻找地方，但当真出去了，却不肯走远。天气温和，没有夏天的燥、冬天的寒，柔软的风将天边的云霞吹得只剩下薄薄一层。这是熟悉且安稳的日子，摇摇晃晃又固若金汤。

小区门口有两间相邻的商铺，一间是超市，一间是一对小夫妻经营的餐馆。观察久了我发现，进进出出的人流，喜欢餐馆的偶尔会逛下超市，专门来超市的却极少进餐馆。然而无论哪种，对于老板并无区别。餐馆小夫妻的精明源自对事业的热爱。平日男的装束简朴，不论谁来，总是笑脸相迎，跑前跑后。遇到熟人聚餐，他会自动加入其中，边吃边聊。略带醉意的时候，他上身晃来晃去，不时冲超市方向说教几句。此时女的会立马将新鲜的水果端到面前，将店主和顾客的情意在狭小的空间里融为一体。

超市尽头，新上的卤味熟食摊位的店员是超市老板的同学，不善言语却又出奇敏感，对有些顾客的恶习无法忍受，甚至会发生口角。与老板的经历不同，作为退伍老兵的他，刚回来时曾大刀阔斧自己创业，跟风搞直播带货，但终因性格气质与业务格格不入，再加上没有兴趣，没多久就放弃了。他也尝试去加工车间上班，学一门技术，但没等站稳脚跟就赶上订单骤降、企业裁员，只好赋闲在家，靠老婆的收入生活。偶然得知超市缺人手，便过来帮忙。昏暗的灯光下，当顾客嘈嘈杂杂地离去，自己茕茕子立，被弃置一旁，心里翻来覆去像是咀嚼着什么。对他来说，曾经的经历成了一种限制，一旦抹不下面子，心理负担就会越来越重。一个人没了理想，心里不免会感到患得患失，久而久之，整个人也会彷徨迷失。

　　站在超市里，视线被四周厚厚的墙堵着，像是未来的一切都被隔绝。其实境遇转变带来的不确定，每个人都会遇到。当人生暂时不能如意时，不如学会忍耐，脚踏实地，心正身安魂梦稳。

2022 年 10 月，山东济南

秋　茶

　　在班里，七姐绝对是极具影响力的人物。色彩明艳的纱巾下面是一条合身的开衩旗袍裙，淡雅的妆容使五官更精致明净，却不显刻意。风姿绰约的她，仿佛秋日盛开的莲花。七姐经常组织活动，邀请大家品品茶、喝喝酒，对外地同学也一一照顾到。日更的朋友圈里，不论是旅行途中，还是朋友聚会，都充满了活力。

七姐家位于灵隐飞来峰附近，房屋依山而建，景色怡人。茶室在楼顶天台，有半个篮球场大，设计精美，与四周的群山古寺、溪流瀑布融为一体，身在其中，如飞鸟归巢，仿佛脱离尘世。落日余晖下，飘来阵阵香气，七姐将水果、面包、饼干和保存完好的茶取出，给大家一一品尝。七姐本是外乡人，年轻时嫁到茶村，原以为守着茶山可以衣食无忧，可哪承想丈夫欠下赌债，生活一下跌入贫困。可她没有成为悲悲切切的怨妇，而是毅然带娃离开，一个人从摆地摊做起，最终成为杭州四季青服装批发市场的"大姐大"。她将过去的房子整修成民宿，交由儿子打理，自己住进了崭新的花园洋房。

一棵大树边，微风轻拂，沏好的茶在桌前一字排开，由各人依次把茶杯传递下去，三五同学，围炉细品。春茶的叶芽短小肥壮，尚有余香，有我熟悉的味道。深度烘烤的九曲红梅，条索紧致，炭火气十足，茶味饱满，但我唯独对秋茶没有感觉。七姐介绍说，俗话说秋白露最好，市面上却很难见到，因为这里的茶农仅凭春茶一季，已经收入不菲，没有做秋茶的习惯。如果春茶保存不好，到这个季节就会失去新鲜。而秋茶尽管营养有所缺失，但干燥的气候能最大限度保持鲜度和香气。她请来当地茶师，炒制了少量秋茶，以供朋友品鉴。只见她慢慢将啤酒色的茶汤含在口中，闭上眼，任由溢出的茶香在舌尖打转。历经一夏的煎熬，秋茶汤色浅淡，滋味不及春茶鲜嫩，甚至有点苦，但是香气清新，茶味和淡。本已起身离开的同学见她讲得尽兴，又重新坐下慢慢品味，仿佛对生活有了新的了解。

菱角的清香，勾起了我对儿时的回忆。不知不觉间，我走下楼，穿过马路，来到寺庙门口。深山密林中，古寺幽静，殿堂僧舍的古建筑前有几棵百年以上的高大桂树，枝叶茂盛，荫覆半院。风吹幡动，虔诚的香客俯拜坛下，香炉内烟火点燃又熄灭，古钟发出的嗡嗡声响回荡在寂静的空气里。寺庙西面坡地上的三生石高大峭拔，上面的文字显现了唐朝名士因友情而生出的美好故事。天竺路旁的石洞中渗出净水，众尼结夏安居，取清泉用以沏茶，于伏热烦暑中惬意满满。寺院产茶，名为香林，故石洞亦名香林洞。站在这里，前瞰月桂峰，后窥香林洞。传说月桂峰是月宫中的桂子掉落人间的地方。法镜寺的天台宗，是本土最早的佛教宗派，信奉修行是为了消除世俗污染，让生活变简单。

　　回望山顶，灯火处一壶静水煮沸新茶，秋香在林间回绕。对于生活，有人觉得苦，有人觉得淡，但无论哪种，终究会返璞归真。返回的路上，月光皎洁，暑气和忧虑，随之消散。

2022 年 8 月，浙江杭州

雨夜的欢腾

　　比起缠绵的秋雨，夏天的雨是急性子，说来就来，且毫无征兆，但即便这样也有很多乐趣。傍晚时分，雨已止歇，山间水声淙淙，空气中弥漫着潮润的气息，山坡上的草木被冲洗得干干净净，闲散的绿色让人身心脱尽束缚，有一种难得的清凉感。穿过丛林，拾级而登，那些沙石小路在溪水中一层一层地抬升，慢慢与身后的楼宇齐平。山顶凉亭的瓦口上悬挂着晶莹的水珠，山下收割过的麦地里升起乳白色的雾，散发着自然的魅力。

不仅如此，散步途中还会遇到各种有趣的事情。经过的考试院每年六七月份都挤满了人，像一群群逐戏的蜻蜓，急雨过后全部又飞得无影无踪。经过台阶，下到谷底，不紧不慢地在商店门口游荡，会听到轻微的人语，看到忙里偷闲的店主隔绝周围的细碎与嘈杂，聚精会神地在棋盘上厮杀，似乎一切被宁静主宰。我将一粒葡萄放进嘴里，想起南朝《述异记》中王质观棋换世的典故，恍惚中有种游离世外的感觉。对自己来说，独处时的安静简直是一种享受！幸好这种状态家人已习以为常。

夜幕降临，蛙声稠密，光洁的月亮浸在清澈的天空，种种幻觉消失得干干净净。然而不争气的肚子叫了起来，吃"过水面"的益处就在于半饱不饿，给肚子重新选择的机会。路边银色的烤炉已经上岗，炭火烤肉的香味混着青草的气息，有种湿漉漉的流动感。记得上次路过时店主说，谁家的肉串也没他家的新鲜。树静静地站立在四周，用眼睛看着人们，路灯的亮光映红了一片天空。黑黑的光膀子中年男人懒散地坐在那里，讨价还价的方式简单直白。学校公寓中匆匆走出的青年，在冰柜前叽叽喳喳地寻找爱吃的东西。摊位前一闪一闪的蓝色火苗，啤酒桶的剪影，冬不拉的弹唱，绿化带内盛开的格桑花和野蔷薇，让人仿佛置身气氛热烈的夏季牧场。于是忍不住重新回到烟火温热的铁皮桌前，任由焦酥的气味侵入，兴奋感油然而生。

夜深得像黑漆漆的木炭，店主动作冗慢，似乎有了睡意。山峦处黑云弥漫，忽然天际闪出一道电光，发出隐隐的雷声，骤然洒下一阵夹着冰雹的雨。店主来不及移走摊位，赶紧找来巨大的折叠雨棚，却怎么也打不开。暴雨中一个黑矮的身躯子弹似的射过来，用他厚厚的肩膀硬扛住架子一角，尽肩背之力打开了雨棚。豆大的白雨点打成许多小泡在地上浮动，一刹那又消失了。欢腾的声音，仿佛让我回到从前。伸出手去，做了一个撑住的姿势，群山、朋友，那些狂喜与伤感交织、喧嚣与骚动同行的日子，突然远去……我从梦中醒来。

2022 年 7 月，山东济南

考古课上

洛庄汉王陵偌大的庭院内，宫槐粗壮茂盛，树荫浓密，摇曳的枝头间有鸟儿在歌唱，人们在打扫地上的绿茸。初夏的太阳温和舒适，各种生命开始绽放，一派奇趣盎然，让身在考古课堂的我不禁赞叹。等回过神来，时间已过半，不觉升起丝丝歉疚。

到现场体验环节，忽然来了精神。我离开汉墓，穿过一大片黄绿色的麦田，来到城子崖国家考古遗址公园，仿佛一脚踏进远古先民的生活，和他们一起定格在历史的某个点上。太阳正好，乡间小路旁，绿色的麦穗梢头浮现着一层淡淡的轻烟一样的雾霭。乌鸫粗一声细一声，叫得婉丽跳荡。小树林深处，草木深茂，连同厚厚的土堆，将时间无情地掩埋。树梢上一颗颗橘黄色的枇杷，毛茸茸、水嫩嫩的，东风忽过，黄了半坡。

古城门前的立柱间隔开了时空，不大的探方内，还有一点空隙。一切就绪后，大家立即投入刺激的发掘工作中。铿铿、唰唰唰……铲子触碰硬物发出的声音，如古战场上风雨骤至，金铁皆鸣，唯有耳鼓震颤。头发灰白的教授，不顾泥灰钻进指甲缝，鼻嗅泥土做着示范，举手投足像鲁迅笔下的普罗米修斯，吹糠见米似的将四千年前压平的时间一层层揭开，仿佛笃定天神的种子蕴藏其中。我接着在新划定的地层中反复搜寻，结果落空，像是走错了历史时空，心有不甘地把目光停在那里，蹙着眉头心神摇曳。

可能因为课上走神，真动起手来，心里便犯了嘀咕。听教授讲，他刚实习参与洛庄王陵的考古发掘时，也是无所适从。二十多年前的那场发掘，我就在现场采访，眼前看到的情景、听到的声音，都似曾相识，像重温储存在记忆树上的果子。令人惊奇的是，时间过去这么久，那个乐器坑发掘的午后，每个人的动作表情，依然在脑海中鲜活清晰。记得当时自己由紧张局促变成热烈找寻，对从坑里捧出的重器看上好几遍，好像现场收获的不是考古的发现，而是一堆荣耀。那时候在镜头前说得最多的是"现在……"，可是，转瞬之间那个"现在"已经跑得很远很远，好像话音未落就已随风而逝。

老师手拿半截骨器和古陶片标本，反复打量，在空中占卜似的画出鲜明的路线。不知为何我忽然不想关注这些，于是离开人群，独自登上武原河畔扇形的土台眺望。面对过去，人类到底在寻找什么？为什么要寻找呢？

长风掠过，夕阳加身，天色渐暗，黑色的昆虫扇动蓝灰色的翅膀，开始在河边活动。黑色豆荚落在地上，是《采薇》里的救荒野豌豆。伸手接一片斜斜飘落的花瓣，世界好像从未改变。走下平台，脚步渐慢，像是在一步步退出历史，慢慢地消失在一片漆黑中。相比于短暂的人生，逝去的部分才是永恒。也许我们寻找的，终究还是自己！

2022 年 5 月，济南龙山

孩子们的小满

小满这天，恰好周六，家里来了两个亲友和一位五六岁的小朋友子衿。早上的天气清丽和润，不凉不热。不知谁回忆起童年趣事，提起莱芜市集上的玩具和小吃，被子衿听到，她便闹着缠着非去不可。大人们也兴致勃勃，提议一起到山里解解馋。我感觉没啥逛头，但因此扫兴，又不太好。于是采取折中的办法：其他人逛，自己在一旁欣赏。

小满时节的雪野湖畔，半山微翠，麦穗逐渐饱满。广场中央的岩石上，刻有春秋时期鲁国人曾点的名言。这里至今还保留着小满日赶集的传统，即小满会，是麦收前充满乡味乡情的大卖场。街上人来人往，熙熙攘攘。三轮车改装的舞台传来莱芜梆子的声腔，惊起一群鸡兔。广场四周摆着收麦子用的木杷、篮筐、簸箕和卷席，仿佛庄稼人的嘉年华。近年来随着收割机械取代传统农具，小满会渐渐失去了原来的功能，但山区的人们依然离不开它。

对于乡村的孩子，这时候可以拼命疯跑，恣意闲逛了。聪明机灵的子衿，一下车就彻底加入人群，溜圆的小眼睛忽闪忽闪的，跟着跑来跑去。她先是被地上五彩的蝴蝶吸引，俯下身子，聚精会神地盯着。蝴蝶被蚂蚁吃光了腹部，还剩一点点粘在地上的翅膀，风一吹，翅膀飘了起来，子衿稚气未脱的小脸上闪过惊奇和忧伤。她又朝向另一侧，手指轻轻触碰躺在地上的银杏天蚕蛾的茧和里面孵化失败的蛹，眼睛与板栗色的幼虫对视。小孩子的心眼，应该比大人们更明慧。妻子买来花米团、糖葫芦、西瓜和最蛊惑好奇心的玩具，子衿忍不住拆开一探究竟，然而全部精力又没在玩具上面，拆开的零件散落一地，手忙脚乱却怎么也装不起来。面对这小小的失意，子衿哭得嘴唇泛白。微风吹动她细丝般的头发，也吹停了她的哭声。

大家穿过马路，转身下到岸边。湖水见涨，树林里一两只羊在啃草，偶尔急得咩咩叫。湖岸尽头有几只游船的影子，一条弯曲的窄路绵延通向数十公里外的矿区，那些云雾缭绕、沟壑纵横的山路上，曾留下我创业初期的艰辛。那时我每经过这里，都会买些农产品，与路人闲聊几句。市集上成人间少有的直率和热情，让我获得了片刻安宁。此刻倚靠着当年的树木，听几声清脆婉转的鸟鸣，心里生出游离感。

可能是金灿灿的沙子引起了兴致，不一会儿，子衿拎着与她一般高的塑料桶和铲子，两手满满地跑来，嘴里叽叽咕咕的，纵身一跳，跌坐在厚厚的沙堆里，紧接着又铲又画，向垒得像模像样的"小城堡"里浇水，然后推倒再重建，看上去比大人的创作力旺盛，让人对勇气和意义有了新的思索。玩累了，她便无忧无虑地趴在石头上，冲着湖水玩吹泡泡，憋红了脸，一气吹出圆形的葡萄串——成群结队，争奇斗艳，人的自己破灭，小一点的闪闪烁烁，像是里面储存了憧憬和希望，在人们身边萦绕许久，又恋恋不舍地飘走。我的心也跟着飞了起来。

午后天色渐渐暗下来，阴而不雨，湖面上风消水平，波澜不惊，空中略带凉意。岸边芙蓉并蒂相亲相爱，燕子俱飞相逐，不受人类干扰。热闹散去，山中充盈着宁静，孩子们沉浸在这样的世界，想一直玩要到永恒。忽然想到，他们终将会成为大人，我的悲哀来了！

2022 年 5 月，济南莱芜

转　场

时间不声不响，在云朵之上卷舒来往，看似不停流转，却让许多珍贵的东西留在记忆里。晚钟悠扬，女儿下班后将所有行李和资料装好，快速放到车上，故作出轻松的表情，生怕让我感到离别的沉重。我戴上帽子，系好女儿买的羊绒围巾，拎起背包走到屋外，穿街过户的样子像个不能久住的波希米亚人。风从远方吹来，拂过脸庞，依旧冷冷的。

院中寒草未绿，斜阳下的小树林疏疏朗朗地散发着嫁接后的明艳与鹅黄。我观察了这些青枫树一个冬季，看到了树根、树叶和树干中流淌的"血液"，也看到了不大的一棵树是怎么在风雪中燃烧青春、对抗寒冷的。车轮推开冰碴，克制地发出三两声布谷鸟般的鸣叫。也许是下过雪的缘故，白花花的景致在后视镜上移动，树影模糊起来。我向这个冰雪世界回眸，冲着逝去的时光挥手，要是能够亲眼看到严冬退去、春暖花开该有多好啊！

天空中红云低垂，炊烟寥落，孤鸟载着永不停息的追求飞过上空。候机大厅内的三叶蔷薇窗上，爱神阿芙洛狄忒的哥特式雕像祖露着上身，粗犷拙朴的线条凝聚了静穆和沧桑，象征着上帝赐予的爱欲和力量。值机柜台前，女儿帮我取好票，霞光穿过暖色的中古教堂玻璃尖顶打在她身上。不同肤色的人们迎面走过，牵引着我的眼神，让我感触着这个世界。

女儿话不多，挽着胳膊陪我安检，看我脱掉鞋子，双脚放进足印里，用力展开双臂，一副想飞又飞不起来的样子，她应该是想起《背影》中那个爬上爬下的父亲，眼里噙着泪花。我装作镇定地向她眨眨眼，配合扫描仪的咔嚓声穿越闸机口。前行几步后，我扭头朝人群中张望。女儿依旧站在那里，乌亮的头发闪烁着光亮，轻盈地用芭蕾舞的动作踮起脚尖，羞涩又张扬地使劲朝我挥手，宛如一株金色的郁金香，让我在怅然若失中获得片刻满足。

偌大的候机楼内，登机口如药铺柜子各自为政，每个柜子标记着数字，行李如草药般横七竖八地被塞进抽屉。电动扶梯无力地向前，满载乘客的红色小火车如拖着尾巴的流星。在登机口回望，地上穹顶像江滩上江水退去后形成的石梁，连接着的两端，一端是父母，一端是孩子。自己像个转场的牧人，身边一会儿羊群一会儿白云，所有的幸福与痛苦都宿命般潜藏在无数次的转身背后。

也许人类的生活本就是变迁的，人生漂浮在无尽流动的生命江河里，没有一景一物可以永远停留，只有内心那些不负使命的信念和不灭的勇气，推动我们永不驻足地前行。

2022 年 2 月，底特律机场

早　春

此时，早春并不明朗，北美的冰雪也不在意节气，春光中依旧一副来去喜怒无常的样子。撑开薄被，掀开黎明的一角，缤纷的雪花像快乐的精灵，在猎猎风中布满山河。整个城市风淡光寒，上下一白。屋顶残雪本已化尽，看样子要收获晴天了，结果又一场冰雨擎着北风呼啸赶来唱起二重奏，将世界沉沉冻结。行驶的车子水花飞溅，车身的曲线都消融在冰天雪地中。

终于迎来风和日丽的一天，我怀着辞旧迎新的心情，跟随女儿去逛早春花市。伯克利花市位于市中心，周末开放，是个商品齐全的集贸市场，花市四周被高耸的教堂尖顶和雕像环绕，像是神规划的天地。密闭的玻璃大棚内郁金香、薰衣草、蔷薇、非洲菊等摆放整齐，每一种颜色都竞相绽放。据说20世纪时，这里曾是一片富人区，热闹的时候仅古董店就有四五十家。"衰草枯杨，曾为歌舞场"，经过生活的动荡，大部分古董店被实用的超市酒吧取代，时光改变了整座城市的基石。一个不大的摊位上，人们在排队购买新冠自测试剂盒，让我想起去年刚接种疫苗时的彷徨与希望，感官像是在柔肠百转中被什么冻住一样。

微风吹过，女儿将手揣进衣兜，突然发现卡包不见了，信用卡和现金都在里面，她连忙将大衣翻了个遍，发现浅浅的口袋有个不大的斜角，心情一下陷入谷底，急匆匆地回原路寻找。幸运的是，钱包被善良的路人捡到，就近交给一家古董店保管。我跟着女儿来到古董店门外，感觉这家店有些不同。古老的橡树下，砖红色的虚室门窗紧闭，白色的烟雾不停地从房顶正中的烟囱中溜出来，俨然像个炼丹炉，加上沿街橱窗摆放的一组高大的仙气十足的珐琅彩陶瓷花瓶，很容易让人产生错觉。我向来对异乡的物品感到疏离，但对中国古器却异常偏爱，赶忙推门而入一看究竟。

店主是位七八十岁的老人，满头银发，独自静坐在器物间，看见我时，嘴巴微微动了两下，如语如不语地发出质感饱满的颗粒音，犹如神游太虚，身居闹市如如不动的样子，让人觉得似弥勒。刚开始他关注我的来历，我关心他的生意，见顾客稀少索性深聊起来。原来老人自幼家境优渥，一心向往自己喜欢的生活，大学选修了四个专业，读了十四年。上天加福逆行者，毕业后他凭借深厚学识在业界脱颖而出。然而一场股灾彻底打碎了他的梦想，撇下刚成立的公司，只身周游世界，不想在日本的古董店打工时再遭厄运，他失手摔坏了店里的古玉器，突如其来的遭遇使他落魄不堪。老人激动地说，幸好遇到中国玉工的帮助，让他在曲折经历中顿悟。

听完他的故事，店内的空间像是一下变了模样，虚掩的玻璃橱柜因诚意敞开心扉，把所有的灵性释放，沉陷多年的古物，蓦然出现在眼前。我擦干手汗，取出一尊玉观音放在桌上。只见由漆皮或水银风化的沁色沿裂隙浸入，变成两条深色背带，像是被时光撑开的隧道，闪现出清亮的光芒，仿佛带我进入异次元空间。玉石自身分泌的玉浆又将沁色表面重新包裹，形成薄薄的玻璃光。老人见我喜欢，既谦逊又不舍地说："这是经过修复的，其他的信息都不知道。"

面对苏格拉底式的回答，想到老人的经历，我放下刚刚升起的欲望定下心念，眼神缓缓地移向窗外。门前的老树在寒风料峭中，在硬邦邦的土地上冲破冰雪的限制，泛起鹅黄，勇敢笃定地向上生长。我似乎明白了，最先到来的春意，会被雄踞大地的严冬所抗拒，却最终不可阻挡。我推门走到街上，深吸了口气，猛然间闻到一种让人惊喜的气息。

2022 年 2 月，伯克利

隐　居

　　临近新年，女儿决定前往特拉弗斯岛看望归隐山林的教授夫妇，于是我和她一同前往。宽阔的马路上车辆拥挤，过桥后沿一条窄路循迹而行，马路上呼啸的声音渐渐远去。教授夫妇是孩子的大学老师，我第一次来美国时，他们曾邀我们去家里吃饭，后来听说夫妇俩突然离开了学校，让我颇感意外与好奇。

　　雪后太阳光线干净强烈，片片寒云沿山路飘荡。粗糙的橡树一排一排暗沉如墨，挑着几片僵硬枯叶的枝杈显得格外衰老。山坡上的一条小路，通向林中的一座木屋。房子不大，陡峭的屋顶中央竖着尖尖的烟囱，玻璃上映着蓝色的天空，像一颗掉落凡间的宝石。落叶、鸟粪、兽毛、苔藓，在冰封的水面下失去了生机。我们停下车走了几步，深深嗅着冬草的陈香，鼻息间的冷气使闭塞于天地的灵思舒展。记起在国内读过的《空谷幽兰》一书——是一位美国游记作家有感于中国隐士文化，遍访华山道士记录整理而成的。脑海中不禁浮现出一个古代太守模样的长者，幻化成满脸风霜的老农独自行走在林子尽头的场景。是什么让他们离开原本的生活转而修行，是因为失去了立足朝堂之上的能力吗？

　　木屋前，教授与女儿相视而笑，紧紧相拥；小狗在一旁摇着尾巴，喜悦浸透在脸上；屋内，教授的丈夫与上次相同，精神矍铄地在火炉氤氲的热气中微笑点头。教授介绍说，木屋是他们自己选材创建的，每当雨水打在树叶和屋顶上，就像上帝在弹琴作画。出太阳的时候，他们会在房前树下闭上眼睛什么都不想，仿佛能感到满山的花叶飘零。

我打量房间，杜松木窗台、白松地板、雪松外墙板防水防虫，仿古红砖传承着英格兰东部盐盒式建筑的古老民俗。墙上挂着几件中国工艺品和许多夫妻俩在东南亚国家支教时的照片。这些安静的来自故乡的物件，让我沉浸其中。住在这样一个地方，恐怕一个漫长的冬季都会睡得足足的，没有声音来打扰。我的思绪像野马一样飞驰，内心无比充盈，觉得冬天是不干涉人的，不像春天那么逼人困倦。

走出后院，穿过木桥，爬上已结成冰的小丘，眼前是一片宽阔的湖面，波光潋滟的湖水不知来自几个方向。湖面上被偶尔落下的松子砸中的小船，像一两片落叶在独舞。教授讲，老去的时光是在提醒我们，体会身心的变化，逐渐摆脱欲望的控制。住在这里，内心明亮得像一面镜子，眼前的世界也光明敞亮。我注意到湖边的冰开始解冻，残雪里露出如墨线勾勒般的枯树。一路收集种子，耳边回响着走路发出的咔滋咔滋的声响。不远处有一座玻璃温房，室内种的墨西哥仙人掌、高山小叶榕树、芭蕉树等热带植物绿意盎然，散樱垂柳光滑的树干伸出柔软的枝条，蒙络摇缀、参差披拂。后院尽头一处两米高的人造瀑布，从寂静密集的枝叶处一跃而下，水花飞溅，流出室外，汇入湖底，像是同这个喧闹的世界捉迷藏，如此复杂精巧的设计很难想象出自教授夫妇二人之手。

　　教授夫妇都是经济学家，子女离开后心无所求，毅然选择回归自然，观照内心，打造属于自己的天地。这一切给了我无声的启发。原来真正的梦想并不会轻易逝去，它只是从眼前躲进心里，需要行动去实现，实现后或许就是一种人生的超越和提升。天寒欲暮，沿湖岸而行，知更鸟飞过，停在轻轻转动的风车旁，仿佛一朵冬花开在雪野。

2022 年 1 月，特拉弗斯

节　日

　　北美的冬日阴冷漫长。清晨，棉絮般的雪花从彤云密布的天空飘落，万物像是被巨大的苍穹所笼罩。小区深黑色的屋脊上生出一道斑驳的线痕，如圣诞老人头顶上白绒绒的帽檐。泉池吸引了成群结队的野鸭，这些不知从何而来的野鸭子发出呱呱的叫声，与冒着风雪四处追逐的孩子们一道，将欢声笑语洒向清澈的湖面，让我仿佛触摸到了岁月。

　　记得去年夏天这里还是一处工地。高高的脚手架上，一只折叠机械手贴着墙壁一点点上下左右移动，将光滑的锡纸密实地粘贴在木板墙上，几乎要糊住门缝。相同楼层间的阳台在半空中对望，像微微敞开的罗襟盘扣。如今院子里住满租客，一簇簇整齐的枫树林已没有盛夏的阴影遮翳，只有几串黄枝悬在风中。游泳健身中心照常开放，里面不时跳动着年轻人的身影。

节日气氛最浓的几天，屋里的热气与窗外的阳光一起努力，将冻结在玻璃上的冰雪融化。人们将金色卡通人物纸片粘贴到南洋杉上的小天使身上。诱人的糖果、闪烁的灯火，将辞旧迎新的氛围映射到窗外。当地人不习惯串门，做完家务大都会去附近的教堂做礼拜。临近中午，身材瘦小的隔壁老汉独自从教堂返回，他头缠丝带，斜挎音箱，身上的雪轻柔、平滑，如蛋糕上的糖霜。突然一阵金属般的声音穿越风雪，是歌曲《铃儿响叮当》的旋律，幽静的小树林顿时热闹起来。

整个院落被热情奔放的音符点燃，野鸭子听到召唤，扑展双翅，拨动了隐藏在水下的双脚，好像要脱离冰冷的水面。寒林在风中摇摆，老汉的鞋底冒着冷气，但眼神执着。我随之对这样的老人产生敬意。如果上帝让你阅尽人生，那是为了让你有更多体验，只有不畏风雪严寒的心灵，才会得到美好与明澈。

晚上冷风如刀，大雪再次返场。我走出门，走过台阶，在风雪弥漫的冬夜踽踽独行，仿佛听到三两声夜莺在鸣叫，还有风雪拂过湖面穿过树林的声音。拍落肩上的雪，又有新雪飘下，送走渺渺钟声，又有新的钟声传来。于是痴想，等过了节又有大把大把的岁月，让我们变成时光的富翁，一下子大有可为了。原来这来来去去的节日如风一般，让严冬的世界有了蓬勃生机。

2021 年 12 月，特洛伊

礼　物

天微微亮，马路上传来汽车驶过的声音，我赶忙睁开惺忪睡眼，从朦胧的异国梦境中醒来，眼前的一切渐渐清晰起来。

淡白的天光，灰蒙蒙地射在窗上。鸟儿的歌唱，提醒我来到了新的时区。瞟一眼窗外，一张欧美人的面孔，被帽子口罩包裹着，在雾气中一闪而过。树枝在轻轻摇曳，远处山丘一片金黄，仅用单一颜色就将无穷的意蕴融入其中。高地上道具似的呆呆地矗立的水塔，上宽下窄的样子像一只翻转的笔筒。

不多时，灿烂的晨光射进屋内，乳白色的光辉浸漫在长垂的纱幕上，掠过浅褐色的地板，返跳进穿衣镜里，让我感受到阳光的温煦。我很快从宿醉般的状态中调整过来，脸上的倦容和一切奔波劳累烟消云散，心神也从遥远的地方拉回。然而和孩子妈妈的视频，又让我想起出发时卧室一盆忘记浇水的凌霄花和没来得及携带的东西。

女儿准备了合适舒服的棉拖鞋，又在网上帮我买衣服，虽然没有选到中意的，但是孩子大了知道关心老爸，这足以使我倍感温暖与幸福。虽然和女儿有二十几岁的年龄差，但我们交流起来并无障碍，像是无话不谈的朋友。女儿最近因为更换单位，工作繁忙，心情也会跟着多变，一会儿担心，一会儿喜悦，这便是不谙世事的青春才拥有的特权。

女儿的房间不大，没有闺房的香气和艳丽。墙上的壁炉有些磨损，壁炉旁边三层的柜子里叠放或并排放着一些杂物。各种各样的耳钉晶莹剔透，温润美好。一层摆放着她大学时的奖杯和书籍，显示着每段岁月的不同。中间一层，专门给我存放旅行时淘来的木盒子、树叶标本和一些不便带回国的东西。

距房门最远处有一个原木橱柜，被有用无用的东西堆得乱糟糟的，看上去不怎么平稳，感觉连猫跳上去都会晃动。本想翻找去年留下的衣物，踮脚开橱门时，突然露出一包塑料袋装的东西，硬硬的呈圆柱状，像锯木厂里堆放的木材。刚要扶住推进去，"哗哗哗"，一捆粗细不同的圆珠笔管从袋口一侧散落了出来，掉到脚上。难怪她妈妈说，这孩子从小不爱收拾打扮，像我一样。有时我为找一样东西，翻箱倒柜半天，结果却发现了上次想找的东西。暂时失踪的东西，日后会从无论如何想不到又理所当然的地方冒出来。就像有些事，我们暂时想不起，只是因为不知道把它存放在了记忆的哪个部分，但它是不会丢失的。

感慨之余，我俯下身子，捏住一根没有墨水的笔杆，一边在手指间转动，一边想，我曾经买过很多笔，有价格很贵的，为的是希望把字写得庄重；有的笔漏水，会把手染成青紫色，像机修工的手。但那些笔如今大多都找不到了，而女儿读书时做卡片用的各种笔却全部保留了下来。突然间，我的喜悦难以形容，仿佛看到孩子过去的生活。我远远地注视着她，依然会感到自己在孩子成长中的使命，然而当孩子渐行渐远，自己也会变得无能为力了。

我轻轻地捧着这些曾经被珍藏如今废弃无用的东西，重新审视这些生活中看似微小的价值，或许这就是这个无心的世界给予我们的最大恩赐。

2021 年 12 月，密歇根安娜堡

问候天空

初冬的上海，夜凉如水。空旷闪烁的停机坪上，一辆银白色的摆渡车在明暗交替的光影中缓缓移动。我抬头仰望，那寥廓的天空好像要对我诉说什么。一种恍惚、踌躇的情绪在内心蔓延。

浦东机场，我的中转之地。矗立在茫茫夜色中的塔台，像邈远的海上岩石围绕的灯塔，没有耀眼的高高在上的光芒，只有穿越迷雾指挥若定的气势。抵达区的检测通道上，各种设备井然有序。

跳下车，风迷了眼，细雨夹杂着如沙的颗粒滴落脸上，带走了肌肤的余温。匆匆一瞥，廊桥旁戴黄胶头盔的工人在几辆移动的牵引车上忙碌不停。行李箱和绳索的空隙间，冷飕飕的风伴有飞扬的哨音。远处跑道上时有"鹏鸟"掠过。这时被视觉夺去注意力的听觉又发挥作用，发动机的巨大声响犹如乐章，让我想起电影《卡萨布兰卡》中那个硝烟弥漫的机场和主题曲《任时光流逝》婉转深情的旋律。不知从何时起，自己也变成一个心存留恋的人了。

登上扶梯，转身回看。灯光下的机身上，各色旗帜和字母拼成一片灿烂的海洋。这情景放在几年前，我务必要拍照才感快意。但此时却觉得，换一种心态，只是欣赏，也是一种快乐。这样想着，感觉那即将到来的万里之途和几个月的异国生活都消失了，好像飞机已经飞出去到达目的地，又回到了“魔都”。这个中西汇聚的滨江城市也不是冬季，而是明媚的春天。

走进舱内，找寻座位号。敞开的行李架上，堆紧压实的包裹像是堆积的情感：路有多长，情意便有多深。哐啷一声，舱门关闭，像摁下阀门按钮切换到了另一个世界，一个被平行分割的世界。这里好像打破了人生命题的枷锁，去除了所谓的意义，具备一种可以任意游离穿梭的能力，将我与宇宙连在一起。

我把脸贴到哈了气的玻璃上，凝视这个地方。影影绰绰的舷窗外，雨雾已经消散。耳畔传来隆隆轰响，内心随之升腾。飞机像一个强壮的巨人，他深吸一口气，浑身颤动，羽翼下的两个轮子猛地转动，冲破桎梏，坚决地一直前奔，骄傲地往上飞舞。此刻的天空，好像具有了能包容一切的恢宏气势，让我在苍茫广阔的怀抱里，身心舒放，灵魂乘风……

2021 年 11 月，上海

西湖访友

骤雨初停，江浪不息，我沿水杉林立的道路来到杨公堤旁的客栈。重游故地，恍如隔世。"淡妆浓抹总相宜"，清秋暮雨中的西湖一扫往日的喧嚣，静若处子，瞬间撩动我心。面对曲院风荷，品一杯酒，尝一块月饼，风中桂花的香味沾拂衣裳，仿佛又回到儿时的江南。

"孤岛被碧波环绕，岛上林木繁茂，花草扶疏，眼前的一束秋枝便是极简的江南。"这干净安恬的诗句，竟出自一位调酒师之手，使人颇感意外。我如约前来，只为拜访作诗之人。油纸伞下的白衣女子带我绕过石碑，踏进一座单檐歇山顶的古代建筑。忽然想起，南宋时这里曾是官办酒坊。寂静幽深的回廊连起一大片荷塘，水中红的、黑的鱼儿成群结队地游荡，像城市里漫无目的的人群。细雨掀起涟漪，形成空蒙的山色；游船拨开雨雾，溅起朵朵水花。对于许多美景只是单纯喜欢，并没有来由。

酒吧里，调酒师小周略带拘谨地站在暗处，眉宇间透着机灵，桌上的捣棒闪耀着光亮。只见他用柠檬片涂抹杯口，抹上盐霜，装入冰块，倒入龙舌兰、白橙皮、白朗姆摇匀，几个行云流水的动作下来，一杯诱人的玛格丽特就做成了。他又挤入奶油和巧克力片，放入月亮冰球，寓意一生所爱，献给了刚才带我来的那位姑娘。又将蓝橙酒、伏特加、百利甜搭配成"孤独的水母"递到了我手中，所有动作精准到位一气呵成。"杨总，调酒的资料已经发到您手机上了。"他走近我轻声说。一首《菩萨蛮》响起，他又开始了第二轮演示。我观察他的手，瘦瘦的手掌，修长的手指，动作飘逸，知道轻重快慢的微妙区分，似乎有拨弄乐器的天分。他用的不仅仅是手，更是心。

在他指导下，我调了一杯 God Father，沾沾自喜地将酒送进嘴里。杏仁香像喉咙里释放的烟花，一下窜到嘴角。我双眼迷离，脑袋晕乎乎的。想起儿时母亲在军人服务社工作时要去车站送货，路过西湖都要带些藕粉回家。在阳光下吃藕粉的时候，我总是忘记擦去嘴边的余味，再"吧嗒吧嗒"舔掉它，以为幸福就是这样。也许人生的快乐，正是来自这些充满生活韵味的事情。当年苏东坡在这里倚栏听风雨，也听到了人事的喧嚣。

小周出生在安徽山区，大学毕业后带着对生活的渴望去大理、成都等地学习调酒，去年来到杭州。虽然在这一行做了十几年，但他依然会逼自己半夜起来闻荷香，训练嗅觉保持状态。他不善言辞，那些让人心动的诗句源自冷静的观察与思考。我想他是将人生各种体验放在一起，反复在脑海中做实验，用自己的情怀调出了一杯杯生活之酒。

临近傍晚，歌舞剧《印象西湖》的小演员们开始准备演出，湖面上传来整齐划一的诵读声。夜雨中，孩子们手举红色道具不停地摇动，一束束光划过夜空，如同生命的律动，象征着内心永不熄灭的火焰。恍然觉得，西湖不仅是美丽的湖水，它还为我们构建了一个变化无穷的空间，如同这个时代，也让我感觉到人生的奇妙，期待脚踏实地重新跃入生活的激流。

2020 年 10 月，浙江杭州

收藏人生

　　午饭后我赶往车站，匆匆登上一趟列车，前往阔别已久的江南。车窗外雨水被风勾连，留下飞驰的幻影，树木依次倒向身后。我有些疲惫，目光掠过车厢，缓缓落在玻璃上倒映着的自己身上。镜中的我，一件外套将衬衫紧紧包裹，像是担心时光会溜走。

　　杭州正值雨季，湿润的城市雾气缭绕。红绿色的霓虹灯活力四射，以各种形态装饰着自己，路面被射出的光芒照得油亮。我要住下的老肖的客栈在江边，这次我是来参加考试的。窗外江水连绵，隐约听到阵阵涛声，楼下的碎石板上，留有被江水打湿的痕迹。江枫渔火容易让人沉静。

　　茶台前的阿婆在泡茶，自然舒展的动作如同表演。这让我想起自己过去的工作，开播前忙活一通发型、服饰、提词器，肾上腺激素大量分泌，之后以端庄优雅的状态出现在观众面前。"请慢用。"阿婆说话声音不大却十分清楚，一把将我拉回现实，那些明快跳跃的记忆转瞬消失了。阿婆说："在这里可以碰到各种各样的人和事，肖总让您多住几日。"我下意识地答应着，深吸一口茶，顿觉沁人心脾。

　　窗外漆黑一片，之江宛如一条深色的绸缎，镶嵌在坚固的堤坝里，以自己的节奏婉转流淌。我和老肖是在尼罗河上认识的。三年前的一个夏天，我坐着突突作响的游轮从卢克索向下游漂流，看到正躺在甲板上晒太阳的老肖，就和他有一搭没一搭地聊了起来，老肖深厚的学养、乐观的性格让我难忘。从那时起，我开始爱上旅行，希望有大把时间可以让我像浮萍一样漂泊。

　　第二天准备完考试回客栈已是薄暮时分，远处峰峦叠嶂云气涌动，侧耳倾听，依稀传来轰鸣声，仿佛感觉到了飘洒过来的水汽。茶室内柔和的灯光摇曳。我伸伸懒腰，俯身凝视江水，若有所思。吴越之地不同于黄河流域的雎鸠黄鸟、蒹葭白露，山河已秋，这里的草木依旧未变模样。我想到明天的考试，有些慌，回身找出书，从一道题跳到另一道，从一种茶跳到另一种。杯中的茶水凉了、淡了，我便把残留壶底的茶倒掉，续上清水，任由思绪飘向窗外。

　　考试通过后回客栈，进门看到老肖和朋友坐在沙发上，低着头在手机上写东西。他抬起头，一双细长的眼睛眯成一条缝，不经意间露出笑容。老肖先带我们看他的收藏，松木建成的一排屋子里，毛峰、肉桂、乌龙、银针、普洱、云雾、猴魁、紫笋，名优茶类一应俱全。一旁的朋友说话慢条斯理，手上记录不停。你一言我一语，从茶聊到彼此相识的朋友，到理念价值观，或慷慨或沉思，天马行空无拘无束。

　　没过多久，我们从高远的理想聊到家常美味，开始点起炉子煮饭做菜。老肖是个对生活毫不含糊的人，在国外做过很多行当，后来投资茶文化酒店，建了不少茶仓，持续投茶藏茶。之后，他又从种植、采摘、加工、煮、沏、泡、品学起，越学越喜欢，越学越热爱。生活的本质就是回归本真，从吾所好。世俗本是天地万物的一部分，最能体现天性。

江上云雾缭绕，转弯处刚发生江水漫上路面冲坏车辆的事情，让人看到平静水面下涌动的凶险。原来的江面没这么宽，由于江水长年累月地冲刷，路面才变得开阔，也如人的灵魂，经过岁月的洗礼才会深刻。

临别时节，江岸植被茂密的地方弥漫着淡淡的桂花香，温和熟悉的味道让我沉醉。看着老肖的客栈，我突然意识到，别人的故事再好都不如过好自己的生活，收藏再好的物品不如收藏人生，一段段、一截截的故事就这样汇进我们的生活之河。

2020 年 9 月，浙江杭州

永不消逝的电波

炸肉、水饺、饼干、苹果，都是父亲生前喜欢吃的，母亲几天前就开始准备。中元节这天吃过早饭，我和大姐带上这些东西去上坟。北方的秋天霜降过后，多了几分凉意。

父亲已经离开我们五年了。阴阳相隔，不知道父亲在那边好吗？

大姐还像往常一样，先扫去墓碑上的泥土，再用湿抹布将整个墓碑擦干净，其间不停地向父亲诉说。我们敬香奠酒，跪在地上磕了三个头，额头粘上了松针和泥土，触碰黄土的瞬间像是触摸到父亲冰冷的身体，心里有种想哭又哭不出来的感觉。我不太喜欢在人前掉眼泪，每每看到生活中在公众面前大哭或大笑的人，总会觉得有戏剧的成分。

烧完纸钱，我转身要离开，衣服却被树叶钩住，那干枯的枝条被钩得弯曲得不能再弯曲了，才迫不得已猛地弹了回去。就像儿时看到父亲要出门，忙踮着脚用手拽着刚刚够到的他的军装上衣衣角，哭闹着不放手，最后还是由他去了。

一阵风吹过，尘土和纸灰漫天飞舞。

上完坟第二天，我便坐上南下的火车离开济南，来到杭州，参加中级评茶员的学习。在当地同学推荐下，我住进了西湖边上的浙江宾馆。秋天的江南，已是天高水长，红叶满山，深红的树叶边缘还露出浅浅的黄色，比起北国来，好似黄酒与白干。

浙江宾馆地处南高峰与北高峰之间，几幢独立的建筑错落有致地分布在高大茂盛的树林中，给人宽阔疏朗的感觉。每幢楼之间被各种树木包围，有槭树、桦树、铁杉、雪松、云杉、香樟、栎树等，树龄都有几十年。这些树种大多生长在高海拔的西南横断山脉一带，就是红军长征走过的地方，长在这里会不会有什么深意？

草坪上一株两米多高的木槿花被修得像一把大伞，树干摸上去非常粗糙，紫色单瓣如喇叭样的花朵朝开暮落。清晨，数不清的成卷的落花寂寞地躺在树下，刚要为它感慨，第二天却发现枝头依旧繁茂。站在树下，看到远处的"将军楼"像是一把"刺破青天锷未残"的利剑，让我产生莫名的震撼。

爬上后面的山坡向下看，不由大吃一惊。离地面三米左右的地方，有个一人多高的漆黑的山洞，洞口前用沙袋和木桩堆成堡垒，一侧的白墙上用黑字写着"704工程"。一阵风吹来，我的心也跟着颤了一下。原来这里曾是空军的一个重要地下军事指挥所，代号源于建设时间，算起来比我还大。

我怀着好奇的心情往里走，进入洞口，几米处有一个之字形的拐弯，安装了两扇防火防爆的铸铁门，黑黑的铸铁约有40厘米厚。跨过门槛，进入一条昏暗潮湿的地下通道，仿佛一脚迈进了那个动荡不安的年代。墙上的文字告诉我，有个被称为"战神"的大人物曾在这里住过。我飞快地联想到"9·13"那个夜晚，那架从山海关机场仓促起飞的三叉戟飞机，与雷达失去联系后机上人们慌张的样子一下子浮现在眼前。天堂、地狱一念之间。

我回过神来，仔细打量眼前的一切。防空洞内原汁原味地保存着当前的布置。冗长的走道两边是一间间房间，包括了会议室、通讯室、医务室、仓储室等。忽然想起母亲曾经讲过的事情：在我出生前几年，原来在部队机关工作的父亲突然消失了，几个月后又回到了家里，然后又不见了，谁也不知道他干什么去了。后来才知道，父亲是在执行一项秘密任务——在镇海西河岛附近的地下建造防空洞，设立一个空军雷达指挥所。我曾幻想，父亲会不会是一个人去抓特务了，不告诉我们？

前方一间四十平方米大的房间内，摆着一张长方形的桌子，桌面被一张紫红色灯芯绒桌布覆盖，庄严整齐。从毛茸茸的样子推断，布是后来铺上去的。桌布上按座位摆着几个有着梅花图案的白瓷茶杯，杯身泛着玫瑰色的光。木板茶几和两个沙发黄黄的，好像病人的脸，属于20世纪六七十年代部队首长办公室标准的模样。

紧挨会议室的一间是通讯室，长条桌子上摆着一台发报机，我心里一紧，像是见到失散多年的挚友。那是一台苏式便携发报机，配了一只崭新的绿军装布袋，不卑不亢地立在那里，这四四方方的东西，在战争中作用巨大。狭窄的密闭空间，加上昏暗的灯光，恍惚中耳边仿佛隐约传来细小而清脆的发报声，"嘀嗒嘀嗒、嘀嘀嗒"。岁月像是被定格在一个狭小的充满紧张氛围的键盘上，敲击节奏随着发报员的指尖快慢轻重不断变化，我好像被凝固在一圈圈不停向外辐射的无线电波形成的时光中。

父亲毕业于中国人民解放军南京区防空军军士学校雷达专业，是中国人民解放军空军预警学院的前身。当时的防空部队还是个独立军种，父亲以第一名的成绩留校任教，成为全军重点培养的报话员，但是仅两年后防空军种被撤销，并入空军，父亲的大学老师梦也随之破灭。他被安排到位于杭州艮山门的空五军军部任职，再后来下到连队，参与了许多像杭州萧山机场、上海虹桥机场等空军机场的地下设施建设工作。

过去听父亲讲，二战时在太平洋战场扭转战局的中途岛战役中，一个资深报话员成功破译了日军密码，成为美国取胜的关键，他因此被授予十字勋章，成为一名二战英雄。就像许多影视剧里塑造的人物形象一样，大多谍报人员都是关键时刻拯救世界的英雄，我幼小的内心也产生了一种情结，从小就学会了莫尔斯电码口诀，如同身怀独门绝技。但父亲认为我生性不够刚毅果敢，在屋里挂了一幅解放军战士捕俘拳示意图，天天让我比着练，希望我将来能有个强健的体魄，到军营接受锻炼。

　　人生一半是前行，一半是回忆。我边走边想，报话员出身的父亲怎么就搞起地下工程了呢。后来才知道，当时的防空军除了地面上雷达、探照灯、高射炮专业以外，很多工作也在地下领域，主要战备任务就是在各地建造防空洞。我经常见到父亲在家读书画图做笔记，大概也是这个缘故。我忽然想到眼前的这个防空洞，或许会有他们战友的参与，脚下走过的路一定流下过前辈们的汗水。现在人们或许会对当时的做法存有疑惑，但我能理解从战争年代走过来的人们。沿着地道前行，仿佛感受到了父亲和战友们拥有过的成功和快乐，以及砖墙间凝聚着的朴素的家国情怀。

　　走出地道是一片翠绿的茶园，茶树叶子亮绿油润，醇厚浓郁的香味沁人心脾。因为雷达有辐射，父亲每年都会定期休假。那可是我们孩子的节日，我们会跑几站路到位于杨公堤附近的空军疗养院，品尝他从外地带来的水果和糕点；到西湖附近父亲休假的乡村里学着采茶叶。父亲将姐姐们亲手采的茶叶带回家，晾晒烘干，等夜晚茉莉花开了，把茉莉花瓣和茶叶一起装在罐子里制成花茶。那调和后的味道，如同生活一样醇厚甘甜。

　　父亲参军前曾是乡里的文书，在那个参军最光荣的时代，他毅然放弃政府工作到了部队，二十二岁时被授予中尉军衔。后来我们长大了，他主动要求转业回到老家。经过人生的起落，父亲对待工作、生活依然淡定从容，从不抱怨。想来父母留给孩子最宝贵的东西，就是言传身教背后蕴含着的人生哲理。父亲的经历使我懂得：人生就是一个修炼心性的过程，只要把许多事看清了，也就看轻了许多事情。

可等到我参加工作以后，却把这些道理全部忘干净了，不自觉地加入了每天吃吃喝喝的队伍。仿佛只有躺在外表光鲜亮丽的酒杯里，才能够感到欲望的满足。父亲还是那样耐心平和地看着我，对我的所作所为从不评价。直到有一天，父亲不小心摔跤住进了医院，我还将满身的酒气带进病房，我看到父亲的眼神中流露出一种担忧和不快。现在每每回想起来都会让我感到愧疚，甚至让我在长夜中哭泣。父亲走后，我一直无法平静地面对生活，最终痛定思痛戒了酒。愿我出走半生，归来仍是少年。

傍晚，我站在秋天的路口看枫叶正红，一对白发人互相牵手走向夕阳。半个世纪的时光，足以将当初的辉煌深藏地下，也会让亲人阴阳相隔。虽然我知道空荡荡的巷道中，再也不会传来那熟悉的电报声音。冰凉的监护仪上，父亲的心跳最终化成一条永恒的直线。但是我相信，我会像父亲一样，做一个正直善良的人，因为我的血脉里有军人的品格在流淌，我的记忆中也有着永不消逝的电波。

2019 年 11 月，浙江杭州

我的春节

今年春节是女儿入职前最后一个节日，家人安排我来美国陪孩子，孩子妈妈在家照顾老人，毕竟一年之中春节最重要。

密歇根州位于五大湖地区，与内蒙古的纬度相同，以汽车工业闻名。湖区周边常年栖息着成群的水鸟，成片的枫叶倒映在水中，风景十分迷人。小说《乞力马扎罗的雪》中的霍普金斯，在得克萨斯靠玩马球赚够了钱后，先买了艘游艇来此度假。

安娜堡距湖区 40 分钟车程，作为世界顶尖大学之一的密歇根大学自从 1837 年搬到这里就成为小镇的一张名片。整个大学坐落于小镇中心像公园一样的地方。校园的核心是个大广场，来自四个角的小径在此交汇，被称作对角广场。环绕广场的是高矮不一的建筑，校园内有橘色和灰色的砖造建筑，也有呈现水泥原色的建筑，建造者像是有意在不规则中展现自然流畅的张力。

女儿租住的公寓是校区内一幢蓝颜色的二层小楼，有六七十平方米大，设施齐全。春节期间恰巧遇上美国史无前例的极寒天气，最低气温达到零下 40 摄氏度，窗外白茫茫的校园中只有一株株枝干参天的大树傲雪挺立。连日的大雪使学校商场全都放假，这样的日子里陪孩子一起听音乐、读书、做饭、写作业，平淡惬意得仿佛回到从前。我与女儿志趣相投，相处起来舒服自然。记得去年春节佛蒙特州也下起大雪，当时正是枫糖生产的最好时节，我在高大的枫林中亲身体验了从树上提取糖浆的每道工序，弄得身上黏黏糊糊，傍晚归途中一不留神迷失在山路上辨不清方向。村上春树讲过，每个人都有属于自己的一片森林……迷失的人迷失了，相逢的人会再相逢，想来很有道理。

说起密歇根大学不能不提历史学家黄仁宇先生，当年他在这里读完历史学博士，并以大历史观撰写了颠覆之作《万历十五年》。《万历十五年》全景展现了一个庞大帝国在百年中，由于经济模式转型失败和始终无法突破制度桎梏，而出现了类似于"锁定死亡"的后果，对后世很有启示。他认为，中国的传统文明走到这个时期唯一要做的事，就是迈向新的现代文明，其路径就是"中西文明融合"。

在来的路上一直在读黄仁宇的传记《黄河青山》，他的一生并不顺利，抗战胜利后他来到密歇根大学一边打工一边读书，毕业后在学校讲授中国史，但少有学生感兴趣。试想当时面对空荡荡的教室，他的心里肯定充满挫败感。后来他改变志向，写书育人，可一连写了两本书都因观点问题没能出版，终被校方解聘。黄先生凄苦的个人命运也是当时国家命运的折射。与其他作家不同的是，历经磨难的他超越个人得失，像局外人一样看待自己的人生，将人生经历原原本本地记录下来，展现了一种灵魂深处的力量。

来到密歇根大学，一年一度的春晚可不能错过，哥特式大剧场内刚更换的座椅舒适气派，曾在底特律活塞队主场登台的安华锣鼓队和舞狮队首次亮相，二胡、古筝、长笛组成民乐队，华人社区的太极表演搭配女声独唱,"安娜说组合"的小品《吃面条》重现陈佩斯式的幽默,多次登上央视春晚的密歇根华人合唱团演唱的《回娘家》将晚会推向高潮……一个个精心准备的节目汇成一场传统文化盛宴,让我们看到了中华传统文化的传承。

蕴含着丰富文化内涵的年夜饭必不可少,同学们围坐在一起,气氛融洽,品尝香喷喷的饺子,还有各自带来的家乡菜,配上火腿薯条类的西餐,硬是把伏特加、威士忌喝出了中国味道。灯光下风华正茂的学子们就像金庸笔下崛起前夜的武当派弟子,有一种不甘平庸积极向上的精神。

密歇根大学漆黑的夜幕下,节日的焰火与古罗马建筑两旁的路灯交相辉映,在感叹时光流逝的同时,我也不禁感慨生命历程中发生的变化。在漫长的生命旅程中,每个人的方向都有可能发生改变,但最重要的是心存希望,懂得坚持,勤奋努力,毕竟这才是改变命运的最佳途径。

2019 年 2 月 6 日,密歇根安娜堡

第三章

藕花深处

人间至味是乡愁

寂　寞

老干部活动中心是一座园林式院落，青瓦覆盖的房顶长满了草。花台上，础石旁，栽种着许多并非本地的植物：棕榈、罗汉松、法桐……操场中央巨大的波浪模型，似在显示这座院子的特殊之处。

树下的道路弯弯曲曲，塑胶跑道尽头的门球场，传来干涩沙哑的吆喝声。球员大都在七十上下，身材细瘦，行动小心，几个回合后，帽檐浸湿汗水。白色小球慢吞吞地从一个角门移向另一个，顺从地配合着夕阳下步履蹒跚的球员。

记得年轻时居住的小区也有个门球场，从阳台可以俯视其全貌。球场是一块长方形的沙土地，一侧是一片树林，剩下的三面被绿地阻隔，完全不受外界干扰，是院内最僻静的地方。场地有人精心护理，中央沙土总是十分平整美观。每每经过这个在寸土寸金之地开辟出来的运动场，心里都有种说不清的复杂感觉。

夜沉下来，白炽灯的光辉碎落一地。球员弯腰，展臂，踢球。对年轻人来说的轻松动作，他们做起来却让人担心。无论哪方领先落后，都没有呐喊，最重要的，是保持节奏平稳。

散场时，灰白胡碴的脸从光柱下闪过，没有表情的面孔似曾相识。可能是累了，抑或是视线遮挡，他们低着头，自顾自地小心走路。

晚霞隐去，现出干净的天空，露出一抹寂寞。绿色瓜蔓依傍着铁丝围栏向上爬，积满灰尘的土台曾结出了黄瓜，如今黄瓜已变黄……

2023 年 8 月，山东济南

山寺黄昏

刚进腊月，照例来到父亲坟前祭拜。一年岁末，光景忽然仓皇起来。太阳已退至山后，山谷中，野草已变成苍茫的褐色。沿路的几株树木，叶子也已落尽。黄昏比之前更早降临。

从这个位置再上去不远，就是一座古寺。雪后的山路，结满冰凌，在荒田蔓草中间蜿蜒。正走到山坞中间，一中年男人匆匆而过，嘴里念念有词，侧身让路的当儿，感觉他沧桑的背影竟如此熟悉！忽然记起，在这一带他曾经官位显赫，后来因为一些原因下海经商，靠讲课卖茶叶为生。听说最近几年，整个人如脱胎换骨般改变了。夕阳把人影拉长拉细，不由得想起《红楼梦》中，贾雨村在智通寺中读到的对联，"身后有余忘缩手，眼前无路想回头"，心中生出如丝如缕的悲悯。

　　松风呼啸，轻烟浮动，眼看寺院近在咫尺，脚下却遍布沟壑，几经周折方才走进寺内。古寺历史悠久，历经劫难又被一次次重建，更显气宇不凡。殿门上悬着四个大字"静观众妙"，进门迎面端坐一尊楠木大佛，双目紧闭，沉静庄严。住持慈眉善目，双手合十，引领我进入内室，泡好两杯清酽的禅茶，又从另一间屋子拿了小块的糕点给我。他自己也拿了一块，轻轻地坐下。

　　问起刚才所见，住持轻描淡写道："那位施主每周都会来这里喝茶。"的确，当一个人在这种地方，手捧一杯清茶，不由自主就会对自己的过去进行反思。我看着茶中的氤氲水汽，内心时而翻滚，时而平静。等另一壶水烧开，小屋内已完全成了夜的世界。行将升起的一弯新月，从没有窗门的窗口，射进如水似的微光，照得地上澄明透彻。

2022 年 12 月，山东济南

老金的钥匙

　　彤云布满的天空，在头上压了几日，终于下起微雪。小区门口原来闲置的商铺，突然添了一家公司，偌大的门店正中，摆放着一把金黄色的钥匙模型，像一个大大的问号。店内橱窗中，不同尺寸的效果图一字排开。设计人员在店中穿梭，他们正打算对隔壁校园重新进行装修设计。

街角电动车行的房子阴暗狭长，半遮半掩的窗户是唯一的光源，门外白茫茫雪地里的一棵榆树下，停放着一堆废旧的电动车。店主老金五十开外，腰轻微弯曲，脑袋瓜圆圆的。老金从小聪明好学，因为家里穷困，父亲去世得早，本来考上高中的他被迫辍学，打工赚钱供弟妹读书。艰苦的经历，引发了他对于生活细致而深入的思考：人生已经够苦了，若能够帮助别人，也是很快乐的。

去年他发现校园里的一些学生有走读的习惯，于是在学校边上开了这家店，专门做电动车租赁业务。因为车型多样，租金合理，维护及时，来的学生渐渐多起来。看到这里生意好，很快上游位置也开了一家同样业务的车行，老金依旧埋头干自己的事，好像蔑视人间的无谓纷扰。最近听说，这所学校已经和南方一家航空学院合并，要搬迁走了。学生还没放假，装修队已经进场。眼看老金刚温热的生意要陷入困境，就好像眼看一扇生活的大门就要关闭一样，我心里不禁揪了起来。

中午时分，他更换完一对轮叉刚要起身，一个身材弱小的学生，骑一辆小电瓶车来到跟前，提出因学校搬迁想要还车。他查看了下记录，这辆车子交了半年租金，还不到约定还车时间，看着孩子忐忑不安的神情和陆续赶来的同学，他决定不管时间长短，只要学生来还车，就把押金和剩余的钱一并全部退清。天空暗下来，阴云笼罩，雪势越来越大，老金手里的车钥匙也越来越多，看到孩子们一个个离去，老金虽感到满足，却也有些不知所措。老金拿钥匙的手由红到青，整个人像蜡像般立在门口，落在头上的雪也不再融化。

老金用钥匙逐个检查收回的车子，将电瓶搬进屋里充电，把门口打扫干净。正准备关门回家时，无意中得知，那个小个子同学不是因为学校搬迁，而是因为没钱续租才还车的，并且准备退学。他忽然意识到什么，立马赶到孩子家里，在孩子的一脸惊愕中，将电动车钥匙交到孩子手中。看到孩子腼腆的笑容，老金好像获得了最深的快乐，也激起了继续帮助他人的力量。这个世界上，拼搏奋斗固然重要，但关心他人，真诚地替别人着想，也是一生中应该追求的价值。

2022 年 12 月，山东济南

再回东山

外出归来，想到了东山小区的老房子，那里曾是我年轻时的住所，加装电梯后再没回去过，突然间便想回去看看。

岁月如梭，路边的法桐已颇具规模。午后的春光，静静地洒在细碎的枝叶上。担心碍事或打搅熟人，我便绕至楼侧树下。偌大的院子中央，草木初荣。高大的树木在太阳下呈现出健壮的轮廓，红黄的花初现妖娆。碎石路上，一行密密匝匝的藤枝，努力撑起绿色的天空。眼前两幢砖红色楼房建于20世纪末，最初是大姐家的回迁房，环境和设施一流。从这里步行十分钟就可以到达单位，十分方便。

此时一位满头银发的邻居奶奶，正缓缓地推开楼道门，抬手从老旧的绿色铁皮信箱内取出报纸，放进空奶杯，顺势拧了一下挂着的钥匙。缓慢的动作无意间撩动心弦，一些时光深处的记忆顷刻间涌起。忍不住从齐眉高的信箱中找到自己的信箱，虚掩的信箱门里，一摞报纸杂志横七竖八地躺在厚厚的灰尘上面。我小心翼翼地取出擦拭，回想起那曾经如风的岁月，不由让人感慨！

脚步迟迟，电梯已经到达。推开门，我眼前一亮，客厅背面墙被全部打破，加出约二十平方米大小的玻璃房，延伸到两层之间的电梯口，给落日留出空间，使光线更显通透充盈。室内只剩简单的家具，还有几盒盛满资料书籍的纸箱和墙上的照片。忽然隔壁校园的广播声和孩子们悦耳的欢闹声，此起彼伏地传来，而我以前竟然从未留意过这些。只见操场上杨花飞舞，鲜艳的校服在春光中闪耀，在绿色的波浪中不停地跃动。曾记得当年单位的运动会上，我就在这条赛道上跌倒，又爬起来坚持到终点。坚持拼搏的精神，好像一直都存在。如果从未体验过这种感觉，也将无从发现自己的勇气和潜能。

我俯身收拾书和日常用品，无意中看到玻璃窗上隐约有"出售"二字。透过沧桑的墨迹，想到屋子和离场的主人最终的命运，不禁生出"来者复为谁，空悲昔人有"的感叹。推开封闭已久的窗户，风吹过来，花香愈加浓烈。橙色的光透过一缕浮云，将木框的阴影"融化"。东山之上，宝塔在夜霭的朦胧暗流中，如一盏灯塔。

2022 年 4 月，济南章丘

海山湖畔

朋友约吃饭，我立马应下。那一刻，对食物的渴望，就像久困笼中的鸟，一旦获得解放就要立刻飞回自然。刚下过一场雨，天已放晴，小路旁爆出星星点点的小黄花。这是北方春天最早开的花，又称迎春花，笑盈盈地开在疏阔的枝条上。山间升起淡淡的雾气，一大片一大片地将茂密的丛林点染出灵性。空寂的山坡上，初展的花叶展现着雨后的春色。

朋友的老家在垛庄水库上游的小山村，地处古齐鲁两国的交界。水库是 20 世纪 50 年代建的人工蓄水工程，又名海山湖。离开闹市来到群山环抱的河谷，一下车，我的腿脚就不由自主地挪到溪边。雨后清冷的溪水中，一群不知何时孵化的小鱼儿，在青萍绿草中冒泡，草丛树根下的泥巴里蹿出各种昆虫。路边有着用枝条编的篱笆，瓜堆前坐着悠然的老头老太，过眼溪山空净明亮。

气势雄伟的海山属泰山余脉，传说远古时是一片汪洋，地核变动时海岭漂移而海山独出，山顶留下古人涉水系舟的石桩。上山的路是一条从未踏足的小径，又陡又长，我没走几步就气喘吁吁。石堰上的羊肠小道左边是成块的梯田，暗黄的沙土簇拥着几株高大的核桃树；右边的山坡上，山石层叠，一棵又一棵的野生杏树长在蘑菇状的断块夹缝中，结出的杏子也是朋友的口粮。

从高处眺望，似曾相识的山峰，层岩叠岭，高耸挺立。隐约看到有着乌黑发亮羽毛的苍鹰，巍然屹立于峭壁之上，俯视着一望无际的山河。山顶寺庙房舍数间，清末有和尚在这里建寺，供奉佛像，祭祀先人，遇到庙会时还会传来阵阵钟声，飘来袅袅残香。龙王岭和百丈崖上的山泉水东西交汇，抛开山石峪谷的限制，一线飞流，淙淙而下，一路奔向寂静深邃的谷底。

山下的湖面如磨过千百次的铜镜，只有纯净的山水和自由的云朵停驻。放眼望去，山躺在水的光影中，水倚在山的臂弯里，相互守护，不受七村八寨的干扰。风掀起湖水，碧波翻腾，天地空蒙，我仿佛看到水下的蜉蝣生物。清楚记得，二十年前的花样年华里，我曾不知深浅地在这看似风平浪静的湖面上放歌。朋友是餐厅厨师，这个在苦日子中长大的小伙，凭借高超的厨艺和山里人的阳刚之气，从这里启航，成为优秀的企业管理者。

黄昏下山前，我召唤孩子们一起栽树，顺便带走剩余的餐饭。车子在夜色里行驶，溪水静静流淌，山水依旧。我看向窗外沉默不语。茫茫月色将湖面染白，薄薄的青雾浮起，袅袅的山风缠绕树梢。

人与人之间，有时距离越远，越可能触碰内心。夜空中的星光忽近忽远，沿岸的山峦被雾气吞没，隐没在无限的寂寥之中。时光可以带走青春，但那些曾经的闪亮日子，依旧会在记忆中闪烁。

2022 年 3 月，山东济南

望故城

　　这些年青砖黛瓦的古迹见了不少，但待陌生和新奇褪去，多数都感觉和自己互不相干。这次，龙山书院组织去平陵故城遗址参观，令我颇感兴奋。想起刚参加工作那会，为完成一部电视片的配音，曾专门骑车数十里来这里，只为感受它的魅力。家乡的景物总是和那些激情燃烧的岁月联结在一起，让人感觉亲切而温暖。

　　平陵故城位于济南市东部章丘区龙山街道，始建于春秋时期，经多次扩建，到汉代已成为济南国的治所。暮春时节，天上的烟云浮游而动，穿过猎猎旌旗的城门和车马拥挤的平陵市集后，不远处是一段汉代古城墙的轮廓，冷寂荒寥地矗立在沧桑岁月中。

　　无形的风沿中道前行，仿佛从历史中来。密密的油菜花引来鸟儿悠鸣，燕子嬉戏，它们像金梭一样在柳条间穿梭，淑气充盈的春天将田野织成葳蕤多彩的锦缎。一场简短的古装表演把人们带到了遥远的年代：俊秀的少年和姑娘相约城郊。古灵精怪的姑娘没有立马出现，而是先去田间采集祭祀用的白茅草。少年焦急地搔首踟蹰，最终等来姑娘圣洁的礼物相送，欣喜之情溢于言表。这位饰演两千多年前姑娘的女子美好而安静，像极了阳光下的油菜花。

我们一行登上五米多高的南城墙遗址，天顿时放晴了，云霞明灭。沿着几十米宽的古城墙拾级而上，周围灌木丛生。几株松柏珠叶苍翠，如《山海经》里珍贵的珠树，枝条倚风而鸣，偶尔如短歌微吟。质感厚重的夯土生出裂缝，像翻开古老的历史画册。如篆字似的老树树根，如虬龙盘旋。斜阳复照下，石阙上金色的碑文和深碧的青苔，更显光亮。纵目眺望，风烟尽处，银亮的溪流里，时隐时现的倒影一定是神秘幽远的王宫，折射出那个久远的没有辜负英雄的时代。

迎风伫立，苍茫落日透过烟云，映红了静穆的古城遗址。经过的路上，青草葱茏。远处薄雾中像是有位少年英豪，踏朝露，破荆棘，在纵横阡陌之上留下前进的步履；又像是化作苍鹰，在长空中紧收翅膀，穿越乱世尘埃，驱遣日月风云，俯瞰中原大地。随风摇曳的树枝，轻轻地拂打着衣衫。时光倏忽，如今再次登临，巍巍故城依旧沉默无声，而我却好像和它有了心心相通之意。

2022 年 5 月，济南章丘

家乡的流苏

谷雨临近，草木蔓发，估摸着到了流苏初开的时节。生怕错过，于是下班后，我约妻子一起，前往文祖街道甘泉村，感受家乡的流苏花开。

　　甘泉村始于明万历年间，因泉水得名，离居所大概十公里。沿路麦陇交织，春山可望，树头新绿映衬着碧空烟云。随着城市慢慢远去，绿意也逐渐加深。不经意间崛起的绿意，让妻子感到惊喜。村内的道路，阡陌相交，空气中弥漫着淡淡的烟火气，群鸡咕咕啄食，家犬闲展腰身，若是树上再加两只黄鹂，俨然四月江南！甘泉村的流苏树，据说有八百年历史，是省内树龄最大的流苏树，花期会晚个几天。远远望去，山墙高的树干，轮廓苍劲；虬根裸露在外，盘结似龙。初开的白色小花，花序短，密密的，霜雪覆盖一般，从叶茎上涌出来。那些未垂的花瓣，微微向上，像淡扫蛾眉素颜绿巾的淑女，亭亭站在琴瑟鼓乐声中。

　　流苏树对面，是村民们口中的下崖湾，山顶的水流源源不断地汇聚于此。妻子拍了照，手扶石栏，若有所思地望向水面，讲起女儿上小学的时候，和老师、同学们来这里，与山里的孩子一起参加诗歌朗诵的情景。那稚嫩灵动的童声，留下美丽的回响。讲到动情处，妻子抬头望向天空，眼里噙着泪花。想起遥远北美的春日，草木还没发芽，女儿家门口的风信子，顽强地从积雪中冒出；当雪花再次来袭时，那些高傲的鲜艳的花朵，反而在雪中开放，让人心头一震——恐怕此时女儿也在想念我们。

　　天渐渐黑下来，翩翩飞鸟收拢翅膀，闲落树下。我们在崖湾饭庄摆好桌凳，品尝农家菜和村民自制的流苏茶。不知不觉，月亮升起，初悬的月轮和花瓣一起装饰着寂静的山村，掩映在枝叶中的祠堂立在清凉村墟漆黑的一角。草地上露珠清圆，皎洁恬静的月光透过薄雾，将花影投射在清澈的水面中央，泛起珊瑚般紫色的光芒。

　　淡淡的花香中，飘来孩子呼唤妈妈的童音。大概用不了几天，那芬芳就会排山倒海般在村里弥漫。其实，美质自足是花木本心，开放无须赏识，赤诚开放本身即是乐趣。这样想来，感到既惆怅又喜悦。更深月上，寒暖交织，我为妻子披上外套，偶然听到虫声和犬吠。折返回去的路上，妻子把照片发到家庭群里，叮嘱孩子多宣传家乡。月光照彻，一瞬间，我感到了远方夜空的温情。

2022 年 4 月，济南章丘

山南水北

　　周末，在母亲家吃过午饭，我带上刚摘的樱桃和蔬菜，准备一个人溜达回去。忽然想起养云阁才到的新书，有种待识益友的新鲜和冲动。看一眼脚下，斑马线上树影晃动，索性步行前往。

　　母亲住在百脉泉畔，毗邻在建的明水古城，养云阁则位于南城的大学校园，依山而建，两处相距六七公里。初夏时节，杨柳细逐，黄鸟时鸣，叫得似乎比春天更热烈。风穿过涵洞，沿路旁河道逆水而行。河水随地势流动掀起朵朵浪花，夹带着闪烁的日光。杨絮和水藻在水面浮动，忽而散碎忽而拉长，楼房、雕塑、狗、云……都倒映在水中，交织成自由欢快的气息。河边的孩子，对于听到的有从上游下来的鱼虫的事，既好奇又害怕。一个小女孩手拿鱼兜，不知所措地盯着浮萍和游鱼。微风吹过，传来年轻妈妈轻柔的语调，也让路人好似回到了童年。

回风中吹起一些花瓣和植物枝叶，它们一边飞舞，一边飘散。盛春过后，面对鲜花，我没有了年轻时的情调。阳光依旧强烈照射着，偶尔轻拭额际，让人想起从前。

径直跨越巨大的十字路口，眼前豁然开朗，经过白泉古村广场，我终于到达瓦山脚下。所谓瓦山是校园内一片高低错落的山丘，表面上呈圆浑的馒头状，前沿土地平缓，后缘是凸起的山坡。山坡上接受春晖普照的草木，绿意盎然，像一块水头十足的翡翠。过石桥沿湿湿的印记前行，山路一转，别有洞天。邻居的学校教师小孟，将年迈的父母接来居住，生怕他们住不习惯，便将门前开荒成菜地，施肥浇水，还用白色地膜覆盖，像面包涂上了奶油。菜地高低宽窄自然有矩，他的父母也在劳作间怡然自乐。

袅袅的烟线，在养云阁内笔直上升，书没翻几页，抬头看到天空飘来的云朵，像是梦的影子，转眼间只剩下一丝半缕。太阳被鞭子赶过山，天很快暗下来，飞鸟回巢。楼台外，妻子来接我的车停在路边，我赶紧收拾下楼，眼睛有点模糊，身上也有了凉意。无数萤虫在周围尽舞，一亮而飞，一灭又停，迟暮的山中柔和寂静。山下老城的霓虹，若远若近地闪烁着，令人神往。

回去的路上，我看到了流动的银河，看到许多星星在眨眼，我仿佛听到它们在低声说话。此刻仿佛忘记了生活的一切，在星星的注视下，我觉得自己像个小孩，微笑着安睡在母亲的怀里。

2022 年 5 月，济南章丘

晚来的寂寞

临近中午，一位久未谋面的老友约我吃饭。这位朋友曾是有名的设计专家，过去身边总是簇拥着大队人马，尽管有忙不完的事务，但他骨子里却从未放弃过对理想的追求。前些年，他下决心进军地产业，那种勇往直前的气势让人印象深刻。但面对激烈的竞争，他最终在各种角力之下，陷入欲去还留、难留而又不易去的境地，拖延日久而不能决。恰值孩子在北京成家立业，执意要他前去，他只好忍痛放弃事业，我们也因此有几年没见面。

冬日的天空呈蛋黄色，天地间迷迷茫茫一片灰白。我隐隐嗅到将雪的气息，感到一丝振奋。朋友回来住在原生态湿地环绕的老家房子里，风景自是没的说。房前泉水像一条明亮的丝带滑过石块，在脚边打转，流经桥下，激起细细的波纹。湿漉漉的河岸，结出深褐色的冰花。路边小商铺聚集，但明显不如以前繁盛。一棵古树败叶满地，像一棵脱水的蔬菜。坡下一大片收割完的稻田，望不见边际。突然发现，曾经热闹的季节褪去铅华，也有一种美感。

古道尽头，一位老人眯眼抄手，佝偻着坐在井口旁边，安详的神态中略带伤感。假如有一天，自己也像他那样，细数充满悲欣的一生，发现所见皆是虚妄，会不会觉得孤单呢？朋友迎将出来，风度依然。一阵寒暄后，我们吃了顿简单的小菜，聊起些细碎小事。他对村子历史如数家珍，说宋代隐士廉复曾路过此地，取水解渴时发现水质清冽甘甜，便择井而居，潜心研读易学五十载，去世后李格非（李清照父亲）写了《廉先生序》以示哀悼。

无意中抬眼望去，窗外不知何时飘起了雪，无数雪花被一股东风吹着，由东向西斜飘，一层又一层，铺天盖地。水井旁已空无一人，吃饭的房子像是藏在雪天的一窝燕雀小巢，我已看不清来时路，不知当年隐居此地的先人，是否也曾有过如此体验。突然感觉，一个人退到任何地方，都不如退入自己心里更为宁静，放下生命中的一些遗憾，追求不悲不喜的淡然，在属于自己的世界里，享受这份晚来的宁静。

2022 年 12 月，山东济南

在寒冬里

许多年后再见咸通，他正在猪舍内一锹一锹地掏猪粪。大黑猪兴许刚吃饱喝足，哼哼唧唧大摇大摆地散步。天微微亮，外面飘着雪花，四面是低平的山岗，坡上葡萄园的水泥柱桩白得耀眼。葡萄虽已败落了，仍留有细碎的翠绿光点。咸通的猪舍建在长白山下，离一座废弃矿坑形成的水库不远，这里方便取水，除十几头大黑猪外，他还散养土鸡、大鹅售卖。山顶的醴泉寺曾是范仲淹苦读的地方，偶尔有路过的游人，也为咸通增添了些客源。

老友相见，异常兴奋，他激动得微微发抖，赶忙换了身衣服，带我去家里。雪下个不停，路旁高起之处，似撒了白粉，又像铺了打好的棉被。常绿树枝叶上的雪堆积得如开满了白色的山茶花，枯树上的雪则像刚开花的梅李。踩着薄冰，穿过绕湖小径，被雪环抱的水面如同呵了一口气的镜子一样躺在眼前，山脚处一片房屋跃入眼帘。

20 世纪 90 年代，中专毕业的咸通刚入职没几天，就赶上国企改制大潮。犹记得厂门前他那瘦小的身躯，穿着旧皮鞋，头发呈波浪状，略带紧张的眼神里闪烁着热血沸腾的光芒。下岗后，他开始自谋生路：先是回村在山下租了个旧院子，生产加工一种后来称为"章丘青"的花岗岩板材，自己跑客户，送货安装，产品很快覆盖十几个省市；后来又买了挖掘机，承包山地，自己开采荒料，成了远近闻名的暴发户。没几年禁采令颁布，开采设备被取缔，他之前的投资也打了水漂。说到过去，他指着前方说，当年的工厂被水淹没了，只剩台子还在，就是现在看到的水库围堰。四周土墩已坍落大半，留下一层层泥沙，拌和着一片片苇草。

后来他又尝试在山上种葡萄、养猪，重新开发这片土地。酒足饭饱后，咸通的爱人取来炖好的大鹅，将自酿的葡萄酒和山鸡蛋也送给了我。风越刮越急，雪没有停的迹象，我走出大门，任寒风和冰凉的雪花吹落在脸上。几朵雪花挂在睫毛上，接着化成水珠儿。时代的潮流漫过每一只筏子，浸湿了我们的脚，风雪是我们迟早要经历的。

2022 年 12 月，山东济南

湖畔晚餐

　　一名歌手在舞台上，激情四射，神采飞扬，那是二十年前的老康，他总能凭借出色的互动能力，牢牢锁定观众目光。而生活中，他不喜欢被人称为歌手，以他受过的专业训练，本可成为教师或文化工作者，他却偏要执意下海，早早地做起了生意。如今的他，日子令人羡慕，闲暇时，约了我共进一顿怀旧的晚餐。

　　古城湖畔的小店，像一艘灯光透亮的小船，停泊在寒夜里，坐在房间内如同栖息在湖水旁，能感受到水波晃动的节奏。隔一道高耸的城墙，路一侧的门店却冷冷清清，只有商场里透出淡淡的光。我俩都生于 20 世纪 70 年代，都有点不安分，因此也更加欣赏彼此偶尔的不合群和离经叛道。回想很多年前的自己，书生意气，特立独行，冬天里常常天不亮就起床，来湖里游泳。借助月光滑进水里，略带腥味的湖水直灌咽喉，水的凉意让人振奋，于是猛然扑入水中，闭上眼睛向下潜游，感受那不曾有过的自在和安全，于是不断往下潜，与湖水融为一体。可能是被我的行为吸引，晨练的老康主动找我聊天。那时他正在排练，为扮演一位老人反复琢磨神态，将脸凑近胸口，弓腰驼背，努力让自己与角色融为一体。不久，我们熟悉了，我总感觉他身上有些漫不经心、俯视人间的味道。后来听说他只身去了南方闯荡，我们就渐渐失去了联系。

热汤面的香气，令人味蕾大开，我们边吃边聊。小店对面的医院急诊大楼，长明灯昏黄，偶尔有急救车的声响在夜空回荡，窗外雾蒙蒙一片。他放下筷子笑着说道："还记得那一次，你在水里脚一滑，不小心踩到半截酒瓶，被划破脚跟，水面上立刻泛起鲜红的血迹，我一时不知所措，跑到商店，敲开门买了碘酒棉球，给你消毒包扎。"我也想起来那塞满破棉絮的绷带上留下的两圈扎得紧紧的红线。他说那些年浪迹天涯，什么脏活累活都干过，吃尽苦头，后来碰巧遇到一位欣赏他的导演，让他参与策划了几部有影响力的影视作品，凭借才华和多年积累的经验，他慢慢在圈里站稳了脚跟。

看着他黑黑的样子，微秃的头顶，我忽然感觉面前的这个人更有质感了。但他依然朴实无饰，敢于表达，虽然有时粗率失言，却无比珍贵。一个真正对生活充满渴望的人，总会领悟到生活的真谛，有所作为的。

2022 年 11 月，济南章丘

初冬里的葱地

　　初冬时节，城北的山谷色彩正由绿转棕，层层叠叠，苍茫宁静。山坡上有一大片葱地，农人的锄地刨土声将我的思绪带回到若干年前。那时我们刚从南方搬来，每次放学的路上，总是像梦游一样经过城外原野，周围的景象在孩子气的不情不愿中全是朦胧。熟悉的军营中常见的棕绿色调与乡间生活格格不入，我常常觉得街道狭小而陌生，路的尽头只有迷茫。

　　父亲在门前土台子上移栽了些小葱，下班回家不忘浇水松土。他不断调整，让我们的生活步入正轨。而年纪尚小的我，从不主动跟别的孩子搭讪。没事的时候，总是默默地找一些石子之类的东西自己玩。偶尔也会俯嗅秧苗，觉得它们对这个世界不太习惯，耷拉着细细的脑袋，一直长不大的样子。每次炒菜时，母亲会从土里撺拨些小葱出来，将其剥皮洗净。失去庇护的葱苗被切成细丝，放入热油中，发出"刺啦"的声音，翻几个滚外化为金黄色，释放出浓郁的香味。记忆里属于童年的慵懒而温暖的生活，有着今生再也尝不到的人生况味。

　　多年以后，我离开体制内工作，开始创业。每当冬季来临，生产停下来，山里的时光就开始变得缓慢。我通过羊蹄印推测雪深，以打发日子。梁式塔吊高悬，偶尔吊钩投下缓慢移动的影子，麻雀就会惊慌失措。单调的工作中，我唯一期待的是日暮时分。黛色渐浓，风已转凉，头脑中的思绪如倦鸟收拢起翅膀，在一座无名的荒山上，我与留守的保安在餐桌上度过一天最安宁的时刻。等厨桌上端来雪白的葱段，将其蘸满甜酱，一口下去，满嘴都是扎牙根的凉，从口中慢慢凉到胸部，使人全身一颤。我几口把它吃完，舌头有些麻木，眼泪流出来，闭口喝光一瓶水，心里舒服了些，仿佛感受到了童年的那份孤寂。

在人们心里，仿佛只有一场雪，才能真正拉开冬的帷幕。从厂区门口眺望山下，小雪中，绿色的大葱还没有被掩埋。高大的葱叶挺立，叶皮光滑厚实，鼓鼓囊囊的像怀有身孕；粗短的葱根如卡通人物，带着野蛮的斗志，从硬邦邦的土地猛着劲向上生长。不知道为什么，今后再没有比山上的那些初冬更让我印象深刻的了。

2022 年 11 月，山东济南

独钓寒秋

深秋午后，独自踱步，阳光灰蒙蒙的，天空也呈铁灰色，没有风，萧索的落叶像是吸收了太多颜料的缎子似的，在路边闪亮。

市区边缘，一条横贯东西的马路车流密集。向北穿过马路，在离公园越来越近的位置，河岸沿泉水流淌的方向展开。枯枝上停着几只寒鸦，与十几年前相比，这里的地名、居民还在，样貌却已彻底改变。

河边一老者吸引了我的视线，他头戴宽边渔夫帽，棉衣半裹，手持渔竿，跷着二郎腿，在钓矶独坐，地上放着各种渔具、鱼线。不一会儿，老人起身，看样子是要从刚才的树荫下换到向阳的水域。我上前一步，帮他将那些弓着身子想趁机逃脱的蚂蚱捉回来放进袋子里。听见袋子一弹一弹的声音，老者一抬头，与我对视一望，说了声："哦，你也在这里啊！"我们同时笑了起来，原来是故人相逢。看着柔波荡漾的河面，又看看网袋里唯一一尾鱼，我笑着问道："冬天已近，还能上鱼吗？"

他脖子一歪，愉快地用中气十足的湖南口音说道："晚秋气象稳定，水里的植物纤维化，鱼儿咬不动，正是垂钓的黄金时节。较弱的光照，使上下水层不同温度的水流循环缓慢，水温稳定，鱼大多活跃。岸边的地方，水满期淹没的障碍物使水质浑浊，为鱼提供了躲藏处。在其他季节，鲫鱼、鲢鱼对螳螂、蚂蚱这些荤饵，时咬时停，现在这个季节鱼咬钩既快又狠，而且从清晨延续到黄昏不断，中鱼率高。"炉火纯青的技巧，清晰的表达，逍遥自得的状态，令人赞叹。我开玩笑地说："这么着迷，当心鱼在钓你哦。"他听了忍不住大笑起来，简单问过我的近况，回忆起交往的细节，温情涌上彼此心头。

渔者许工，在一家化工企业负责技术研发，从20世纪80年代大学毕业入厂开始，便一头扎进实验室研究枯燥的数据。默然不动的大烟囱、冷却塔、高炉、栈桥成了工作中固定的场景；被煤粉染成黑色的随处扬起的灰尘，雪后小巷深处热气蒸腾的浴池，缓缓移动的自行车流，都成了日常生活的一部分。厂区内，文化宫、电影院等文化设施一应俱全，但那些表面上的热闹，却无法触及灵魂。直到退休后，他拾起那些被淹没的情趣，像是在弥补某些遗憾，也找回了遗忘的快乐。

四处远望，溪水清澈透亮，活泼流淌，大片黄白相间的野菊花铺满堤岸。石桥甬道一侧，戴着安全帽的暖气抢修人员刨开干硬的路面，像叩开了冬天的大门。飘忽的水蒸气不时从洞口冒出，就像那个曾经熟悉的厂区一角的景象。

2022 年 11 月，山东济南

遇见深秋

听老师讲，霜降时节，西溪湿地正逢橘子红、芦花白、桂花黄，尚未陷入凛冽萧瑟，最值得观赏，于是同学们欣然前往。西溪湿地位于杭州市区西郊，因水得名，然而这样一处自然环境幽雅的玩赏胜地，在城市却缺乏了一些存在感。这些年除了春光花海时的少许温馨，我很少在此留下记忆。

园内最得秋意的是荷塘，走上一道石砌的长堤，往日亭亭如盖的叶面青黄相间，残枝败叶掩映水中流云，俨然是斑斓的调色板。路旁竹林、老树枝条摇落，零乱地覆在岩石苍苔上，有八大山人遗世独立的况味。同学老孙身材浑圆，走路缓慢，没多久就落在后面。屋后的柿树上，火红的果子没有被摘完，留下几个吸引鸟雀，好让它们把核带到更远的地方。柿树下，老孙仰望蔚蓝的天空，大概在想，将来那些地方也一定会热烈得像火一般吧。

　　雨水淡了，池塘变得干枯，但秋天的一汪芦花浅水，却比什么都有味道。河道内水波弥漫，上下一色。摇橹船上，老孙时左时右，好像心灵在漫游。舟行经过，凫鸟惊起，芦花扑面，如在雪中前行。深潭口村依然保存着十几座明清时期的建筑，竹径蜿蜒处有茅屋数椽，石像卧露草间，静洁雅致。门前曾桃李扶疏，花开时盛若锦纹，如今像避世的孤岛。这里是清末文人蒋坦的栖身之所，著名传记《秋灯琐忆》就创作于此。云章阁池塘一侧，一片芦苇丛生的荒地，像抹了一层金粉，待斜日渐西，白茫茫的影子像虚无缥缈的秋雪散布一地。人生天地间，总想给自己找一容身之所，让心情完全适意，可如意的人并不多。正如蒋坦所云："人生百年，梦寐居半，愁病居半，襁褓垂老之日又居半，所仅存者，十之一二耳；况我辈蒲柳之质，犹未必百年者乎！"

　　园子深处，阡陌交错的路口让人迷失方向，跟随年轻人穿过竹林，来到热气球前，没等老孙反应过来，我一把将他拽上吊篮。接着薄暮中燃起亮光，猛然间桥面震颤，声音好似一声呐喊，老孙整个人仿佛一根草茎，从柿树顶上掠过。从上往下看，曲水回环，白墙黛瓦渐行渐远，游船仿佛水中落叶，远处的秦亭、法华诸山渺不可辨，只有薄翠一痕。在固定的高空俯身凝视脚下，心情突然舒展，一切困惑都消失了。生命顿如脱笼之鹄，要将那白云揽入怀中。老孙像个孩子一样，冲我大喊道："总算没有白来一趟啊！"

2022 年 11 月，浙江杭州

逝去的山庄

　　深秋午后，云雾散去，我独自从大影碑路口出北城，沿周边闲逛。天气渐冷，路上没了平日的紧张与繁忙。湖边零散村庄的前后左右参差掩映着柳林。薄薄的积云被西风撩动，如丝如缕地萦绕在山间。路边野草已变黄，十里荷塘中，除了时而飞起的一片鸟，只有几个沉默的农户站在泥水中间挖藕。眼前一汪芦花浅水，把整个秋天装点得像个颓废的美人，余韵绵长。

　　西边一箭之地是熟悉的小山坡，记得小时候跟着父亲来过。那时道路四周全是稻田水泽，房舍杂筑在水荇青荷里。穿过寂静的树林，我沿着河边走过石桥，下方是小块坟地。在田埂稍高的一角，立着十来座旧石碑和观音塑像，每座都光秃秃的，仿佛历经劫难。据说过去山上曾有座玉皇庙。逢年过节，庙里的老和尚会在这里带领人们诵经祈福。新中国成立后寺院被改成了学堂，孩子们踏着昔日念经的路学习知识。后来此处的寺庙建筑基本被毁坏，只剩下地上搬不走的石块半露在土中。

蔚蓝的天如大圆幕似的张在空中，坡下一条石砌小路连接着一个叫作砚池山庄的小区，这名字来源于玉皇庙前叫砚池的池子，小区里临时租住着一些等待回迁的村民。规规整整的高楼仿佛是图书馆的目录柜，只有老天爷可以随意拉开小抽屉，查阅以往的秘史。北面两个足球场大的地方，是一片长满荒草的空地，地上全是砖石瓦砾，杂乱不堪；靠南的位置，应该是原址胡同口。一座单薄的影壁墙伫立在那里，像一棵没有枯死的树桩，或者一块记录生命的石碑，正孤独地遥望远方。石灰砌的墙皮已经脱落，斑驳的字迹和圣贤的图像隐约可见，与画像中的人物对视一眼，好像瞬间可以穿越到过去。据说这是当年旧村改造中唯一保留下来的建筑。

上到楼顶，从一个无光的角落望向窗外，寺庙断壁残垣的石基周围，摆放着鲜花和祭品。我不禁想起二十年前，村里举办的庆祝明水香稻喜获丰收的活动。记得一户人家中有一座深深的庭院，影壁墙上色彩鲜艳的迎客松，挺拔地站在热闹中央，使人一见便能感受到一种温暖向上的生活氛围。印象深刻的是当时有位姓范的大哥，平日里待人接物极有分寸，又做事果断。他曾在寺庙小学读书，靠建筑业起家，信奉物必有则，坚守自己的分寸规矩，凭借深谋远虑的智慧，建立了深厚的人脉，为村庄发展作出了许多贡献，成为村里极受尊重的人。

雨后一层秋凉。影壁、寺庙、山庄代表了不同的文化，那些没有消失的文化，注定会成为传统。下楼时我默默凝望，突然发现雨淋过的墙头居然有一株豆花，在这个花事稀落的季节独自绽放。

2022 年 10 月，山东济南

东陵晓月明

中秋将至，要去探望下老师，也顺便去曾经生活过的地方看看。绣惠古城细雨霏霏，来到校园，我心里不免有些波动。路边有一排银杏树，叶子看上去青青郁郁，只是顶端有些微黄。有些房子被翻建成了高楼，有些被夷为平地，站在雨中，我想起从前那些屋子里的欢声笑语，如今它们都已远去。

在"章丘八景"的石碑前，我不由自主地对着碑文念出声来，恰好被路过的同学一眼认出。彼此相看，依旧是熟悉的目光，只是音调有了岁月的苍老。想起少时日日相对的脸，曾经飞扬过的青春，不由令人感叹。原以为忘记的多年前的一切，顷刻又回来了。"卧看东岭晓月明"是写章丘八景之一的诗。月明星稀之时，躺在县衙阁楼上，开窗东望，乾坤犹如笼中之鸟，远处的风景尽收眼底。因为好奇，我曾携同学玩伴实地探访，见月初之时，月亮正位于东陵山顶两块巨石之间，分外明澈。

东岭山又名杈杨山（查牙山），位于古城东南四十里，是进入长白山的第一座高峰。有记载蒲松龄曾多次经过此地来到章丘，不知是否在湿漉漉的山岩间，巧遇狐仙产生灵感，专门创作了短篇小说《查牙山洞》。20世纪90年代初，人们在那些人迹罕至的山上发现了储量丰富的玄武岩。在大规模开采中，有人也成为当地带领群众致富的典型。

学校的宿舍区离老县衙不远，记得当年晚自习过后，一群性格叛逆的学生会聚集于此，赤膊上阵，苦练引体向上。也有的骑在杠上，两脚钩住单杠，即兴表演弯弓射大雕的动作。末了，大家围坐在一起，谈话间显露着少年英雄的野心和改变世界的勇气。操场跑道边矗立着一尊仿罗丹的《青铜时代》的雕像，展现着蓬勃的青春和内在的力量。

少年的伙伴，已略有白发，一副看淡一切的模样。晓月当空，模糊的东岭山更加巍然。终于发现，岁月改变了我们。少年时追逐月光，起伏不定的情绪随月色左右；中年时品味清欢，不以物喜，不以己悲。

2022 年 9 月，山东济南

初绽的秋天

"处暑无三日，新凉直万金。"此时正接近中午，秋云微薄，秋风盈盈，空气中飘浮着一股淡淡的草香和泥土的香味。金灿灿的阳光，从天空倾泻下来，使平静单调的山林有了些色彩，晒到身上，给人暖暖的舒服的感觉，不像盛夏那样令人难以忍受。真是昼暖夜凉的好时节。

官营村口，小桥流水，枝叶俯窥溪流，溪水晶莹剔透，水底铺着一层黄缎子般的细沙。静谧的小院，除了哗哗的流水和虫鸣，听不到其他任何声音。溪边有几棵核桃树，大青叶子两两相对，叶下长满果实。斑驳树影下，老汉用竹竿做成弓矢，射向枝头。先是听到乌鸦扑翅的声音，接着看到树叶摇晃，成熟的果子从浓荫蔽日的缝隙中扑向地面，经过敲打，露出鲜嫩饱满的果仁。章丘薄壳核桃是香玲核桃的一种，核壳极薄，手捏即碎，整仁可取。

灶台砂锅下，风烟俱起。褪去青涩的女孩点燃酸枣枝，将破开的核桃放在手心，剔去外壳的碎块，剥去核桃仁上的黄皮，将白格格、脆生生的部分放入煮着鸡汤的陶罐内，没过多久，浓浓的鸡汤就带上了甜味。要是梁实秋、汪曾祺先生在，定会将热气腾腾的菜品用活色生香的文字描述出来。美食可以治愈一切。主人将皮壳倒入炉火，以免对水质造成破坏。

山坡上满是成熟的花椒，是初秋留下的果实，花椒产量提升，价格却上不去。采摘后的青花椒、红花椒被晾在一起，让人想起川菜的灵魂。长沙马王堆汉墓出土了西汉花椒；汉魏时期，蜀椒、秦椒最有名；到唐代有了胡椒，宰相元载被抄家时，家中胡椒有八百石，实在奢侈。

参加苹果采摘活动的游客，个个大包小包地拎着苹果等在路旁。再晚几日，暑热远去，就可以欣赏满山红叶了。上山的索道口，摊子挨摊子，篷子接篷子，成了热闹的集市。穿着质朴外套的农户，挑来豆子、花生、冬枣、桃子和其他五颜六色的货物，把秋韵挑在肩头。鱼、虾、蔬菜、山韭、小米、五仁月饼，各种时令土产、山货等农副产品前挤满了人，嘈杂的声浪让人感受到了一丝秋热。奔忙一夏，秋季是成熟和收获的季节。

窗外，层林初染的秋天，浅浅地画出多彩的图画，生命的意义仿佛在秋色中寻求到了答案。

2022 年 9 月，山东济南

故乡的泉

秋雨无痕，时下时歇的雨水将天空冲洗得格外明净，清凉中多了几分萧瑟。秋天是个收获的季节，女儿领到了人生中的第一次工资，初尝收获的欣喜，她用工资做公益、搞慈善，也为自己添了张书桌。生活中有许多事情值得纪念，却也容易被忽略。

女儿说，新书桌由几块木板组成，需要用螺丝固定，自己安装用了半天时间。在美国，这样的活大多需要自己动手。崭新的书桌摆放在书房内，洁净淡雅，给人温馨的感觉，一张小小的桌子承载着孩子的多少青春梦想啊。女儿入职后忙的多是公司的事情，有一天突然联系我说中秋节要和朋友在家中聚餐，想在书桌上摆放一幅家乡的照片，希望我帮忙拍一张。一瞬间我的眼睛湿润了。

女儿出生在济南章丘百脉泉畔，是宋代女词人李清照的故里，北魏《水经注》中有百泉俱出的记载。泉水是家乡的象征，孩子常年在外求学，靠自己的努力在大洋彼岸扎下根。当人生面对新挑战时，她心里充满了对家乡的眷恋。或许只有游子，才能体会到故乡的温度。父为囚奴，我带上相机去了公园。

经历过风雨后，绿树环绕的百脉泉公园内，群泉竞生，溪水横流，大量泉水溢出泉池，在道路上蜿蜒流淌。路上铺了许多木板，木板上的松皮在泉水的浸泡下，仿佛有了生气，踩在上面，闻到了扑鼻的清香，一派"清泉石上流"，人在水中游的景象。

万泉湖内洒满了金色的阳光，如万块碎金。我循着湖边哗哗哗的水流声，看到不远处墨泉怒涌。只见四方的泉池内泉眼幽深，泉色如墨，泉头高出水面半米，高处迸落的与喷涌而出的互相撞击，恣意拍打在岩石上，水花四溅。注视着上下起伏的池水，我的身体有跟着一起摇摆的冲动，瞬间感到心花怒放，这一切与身后寂静的龙泉古寺形成了鲜明对照。

清照园中，冰蓝色的泉池内，欢快灵动的梅花泉上下翻滚，像绽放的梅花，姿态轻盈优美。离我最近的一朵直径大约两米，中心清亮圆滚，周边颜色暗淡，清雅入骨，站立桥上，感觉仿佛有清气扑面而来。溢出的泉水穿过锦江桥，从石板上滑落到河里，形成一道道水帘，似法国油画家安格尔的作品《泉》中从少女手臂上轻盈滑下的水流，又像飘浮着的柔软绸缎。这一切与岸上垂柳、水边嬉戏的孩子们一起，构成了一幅美丽的时光图画。我连忙举起相机，将这美好的刹那定格。

一代词宗李清照十四岁去汴京之前，一直生活在这里。在对女性束缚严重的时代，她那自由独立的精神和家国情怀，或许与这座伴她成长的灵动泉城息息相关吧。

凝视这一汪泉水，思如泉涌。泉较之江海是那么渺小，却又那么灵动。它那湍流不息、进取向上的样子，体现了生命的激情；生机勃发的气势，透露着生动之美；一起一伏的节奏，似引弓欲张先弛，欲跳先蹲，仿佛所有的准备，只为此刻的震撼。

古语说："道通天地有形外。"我们看到的宇宙中的花之红、柳之绿、泉之盈，都显现着自然界的内在生气和生命力。故乡的泉，是生命之泉，它以涓涓细流诉说着家乡的文化，滋养着人们的心灵家园，激励我们自强不息。无论走到哪里，想起它那喷涌的姿态、闪烁的水花，心中就会感到快慰。

2019 年中秋，山东济南

第四章

意念山河

人间至味是乡愁

雾散江阁

　　岁末年终，该结的账款依然没有结果。节气显示，今日正逢大雪，万物肃杀。天地万物的生机，不知何时才得复生。

　　清晨，我拖着沉重的脚步，在岸边徘徊。湿寒的江风吹来浓雾，将整座城市笼罩其中。杜甫江阁临湘江而建，孤独地被江水与萧瑟包围。江阁内的木雕画，描绘了杜甫当年与年老的李龟年相逢时的情景。诗人在凄苦的晚年，曾郁郁寡欢地划着一条小船漂浮在江上。江面上只有无数沙鸥，凄啼不止。

　　清冷的堤岸上行人稀少，隆冬露出严峻的面孔，颇有"北雪犯长沙，胡云冷万家"的气势。我像是被彻骨的寒意一把抓住，不由打了个寒战。

　　岸边长沙保卫战纪念碑，记录了"虎贲之师"重创日寇的战斗场面。这是抗战以来，中国军队首次在正面战场上击退日军的进攻，也是至暗时刻扭转战局的战斗。站在猛虎下的山石雕前，我仿佛听见了战士们英勇杀敌的怒吼。

　　行至正午，正不知去处，突然收到客户回复，账目终于得以了结。一股巨大的快慰感冲淡了腹中饥饿感。浓雾退去，阳光格外温暖，远近的建筑，渐次显露出身影。忽然发现，眼前的不只是一条江，而是多变的尘世。

2023 年 12 月，湖南长沙

铜鼓佛光

铜鼓岭位于海南最东角，三面环海，因出土东汉的铜鼓而得名。其上有座佛光寺，庙宇不大，依山傍海。

新雨过后，山上空气清新，薄雾笼罩。树木枝叶绿得透亮，三角梅火红得耀眼。古道空无一人，只有鸟鸣不绝于耳。站在月亮石上远眺，只见海天一色，纤云不染。缕缕海风拂过，听得远处涛声此起彼伏。

山下一箭之地，涓涓小河像一条银线蜿蜒游走。河水在岩石水草间怯生生地潆洄抚弄一番，又羞涩地离去。这条小河全长三十公里，在所到之地创造了一大片被称为"海岸卫士"的红树林湿地，最终辗转入海。

一座泰式风格的小庙，为整个海岸增添了一丝异域风情。层层台阶通向殿内的金身佛像。站在庙门前远眺，海水清澈透明，礁石沙滩交相辉映，天地浩荡着涌向胸前。

寺院附近，村庄如睡，树木安然，只有岸上两三点渔火，发出一点点黄晕的光。渔家小店外，跛足的渔女，眼眸闪亮，红树林青蟹是她唯一的渔获。面对客人，她总是报以平静的笑脸，不紧不慢，耐心细致。晨钟暮鼓，便是她的心灵寄托。

　　月亮白晃晃地挂上天空，闪着碎银般光芒的海浪，层层叠叠地涌向沙滩。相比白天，夜晚的沙子更显柔和细腻。此刻，佛像周身被染成雪白，平和的眼眸，对众生投来慈悲的关照。

2023 年 11 月，海南文昌

椰林即景

　　走过一片松软的沙滩，我独自面对着波光粼粼的海面，偶尔与操着方言的当地人搭讪，你东我西地聊两句。脚边遗落的粗笨的蚌壳，一开一合，仿佛在讲述异乡生活的单调与乏味。

　　椰林深处，绿树环抱之中，分布着大大小小炊烟袅袅的村落，像绿波上的白帆。傍晚时分，孩子们在追赶湿漉漉的椰树枝头间的松鼠，从盛开的花蕊上捉蝴蝶，在土里挖出筷子粗的蚯蚓，把团团飞舞的小虫赶到蜘蛛网上去。凹凸起伏的沙土地，成了孩子、鸟儿、虫儿们嬉戏玩耍的乐园。

　　只见五六个孩子聚在一起，一块普通的黑色碉堡状的礁石，成了他们天然的游戏场所。像鱼脊一样的尖顶，只能容下一只小脚丫的空间。孩子们将它当成山头，一个挨一个飞跑上去。一只脚刚站立，另一个人已经到身后，两个人像是站在一条钢丝上，身体左歪右斜，希望能支撑更久，但往往是你拉我拽地一起蹦跳下来。一个黑瘦的男孩，刚从一侧下来，急着想再爬一次。只见他推开前面同伴，将一根椰树枝横在胸前，一步跨了上去，使出浑身解数平衡身体，像提刀的大侠，顶着汗珠，在这半分钟里，整个世界都是他的……

我一直站在旁边，看着孩子们尽情享受无忧无虑的童年。不知不觉，月亮已爬上树梢，我才意识到要回去了。

2023年11月，海南文昌

立雪断臂得心安

秋高气爽，自然生出登高览胜的念头。正巧碰上济郑高铁开通，耳畔仿佛传来"少林少林……"那铿锵有力的旋律，令人兴奋。兴致所至，正是随缘。于是我决定重游登封，再上嵩山。

"天地之中"的嵩山，因古刹少林而闻名。初秋的少室山，被镀上了一层金黄。明亮的日光从千年古银杏树叶中间洒落下来，快要将大殿内最后的绿色覆盖。路口，英气的武校少年，步履轻盈得让人羡慕。遥望路线逶迤、薄云紧贴的山顶，我的内心开始纠结，担心徒步上山体力不够，乘索道又不甘心，一时不知所从。正在迷茫时，一支登山队伍朝我走来。其中一位头戴棒球帽的中年男人吸引了我的注意。他个子不高，下巴上留着半圈圆圆的胡子，他那坚毅的眼神打动了我。一瞬间，我紧跟了上去。

通往莲花峰的山路果然陡峭。走完一段弯弯曲曲的环山公路之后，只见一径小路探入森林。皲裂的树皮从脸上蹭过去，三下两下便划出口子，火辣辣得疼。当我跨过小溪，迈向另一侧时，脚底的一小块沙土松动，脚下一滑，从山崖伸出的枝杈，硬生生地把我的脚卡住。幸好"圆胡子"及时施以援手，我才侥幸摆脱困境。这个我身前的中年人，每一步都走得稳当，还总是未卜先知，避开了土坑，再避开刀剑般的树杈。我顺着他的足迹前行，终于没被落下。

花了半天时间，走出密林，我喘着粗气捡了一块石头坐下，才有机会与这位初识的朋友攀谈几句。他高中毕业参军，部队生活和高强度的体能训练，给了他很多经验和教训，也磨炼了他的意志，对分派的所有命令他都拼命三郎似的去完成。在一次执行任务中，他的胳膊受伤了，不得不退伍参加工作，后来单位减员，没有过硬学历的他被挤下岗。身陷绝境的他开始留胡子，断绝与朋友的所有联系，专注于学习和自身提升。不开心时，他便登高望远，补充能量，疗愈身心。俗话说，能打通极难之境的人才是好汉。经过极其刻苦的努力，他终于迸发出巨大的能量，先后考取大学，攻读研究生学位，博士后毕业留校任教。

听了他的经历，我陷入了沉思。刚才在行进中没留意身边的风景，猛然抬头看见二祖庵标志性的庑殿式建筑，两株千年古柏立于建筑前，枝叶繁茂如云。大门上的"雪印心珠"横匾，是纪念禅宗二祖慧可立雪断臂、向达摩学道的决心。两侧"大勇立雪人，断臂得心安"的诗句，如一声响雷，提醒在红尘俗世中的人们要时刻观照内心。院内四口古井，取名"酸、甜、苦、辣"，将人生体验与味觉联系起来，酸、甜、辣井边围满了游客，只有苦井旁无人驻足。或许是人们尝够了生活的艰辛，不想再自找苦吃。然而纵观古今，生活的苦痛有几人能真正摆脱呢？

见我愣在原地出神，"圆胡子"拍拍肩膀催我继续前行。近晚的微风吹拂山顶，带来几分惬意。我坐在下山的缆车里俯瞰大地，寺院大殿、树丛中的塔林、塔檐与斗拱尽收眼底。景色依旧，可是对于生命，我们却不能如二祖那般看得清清楚楚。

2023 年 9 月，河南郑州

与商共舞

商人的生活，并没有想象的那么枯燥。

那日，我从蒙蒙细雨中醒来。见车窗外一只鸟飞过，半张着翅膀，长尾飘然，仿佛从梦境中穿越而来。出安阳站后，我随人流上了开往殷墟的大巴，像百年前蜂拥而至的文物商人，奔小屯村而去。

　　茂密的树林中，空荡的公路上，含混的车灯照向前方，古都神秘的气息在雨中似乎更浓了些。不时刮起的风，更让我们觉得自己只是途经人。

　　遗址广场，古树茂盛，郁郁葱葱，仿佛雨幕里垒起的高墙。一块"殷墟遗址"的石碑背后，立着原址复建的商王宫，殿内红黑色立柱相间，布满缝隙的四壁像有无数双眼睛看着我。地下甬道内，残剩的粟和黍经碳化后颜色乌黑，但轮廓清晰地卧在密封的玻璃试管底部，没有随时间融化掉。商人用过的青铜器皿上，肃穆狰狞的饕餮图案，变成一堆碧绿花饰。内壁上金灿灿的铭文，是尊严的标志。一旁的兵器展厅，"埋伏"着曾经的恐惧和杀气。薄薄的玉戈，木柄已经腐烂，出鞘的利刃，依旧闪着寒光，让人想起历史中的追杀。

　　小屯村头一条干涸的河道边，玉米长势旺盛，几个高颧骨的老农，正在地里干活。三千多年前的统治者认为，祖先的灵魂在天神周围，无论狩猎征伐，还是面对收成丰歉，都要占卜。他们在磨光的龟甲背面，挖出一排排深槽，大声向祖先喊出问题。同时，将一根烧得通红的铜棒放到槽里，烧灼到一定程度，龟甲便出现了裂纹，发出清脆的噗噗声。然后，占卜师将结果记录下来。而这些刻在甲骨上的文字，成了中国文脉的源头。

　　在甲骨文碑林中，一块石碑上有一个硕大鲜红的"福"字，像青铜酒盏上雕刻的面容。古人认为，在祭台上饮酒跳舞是在求上天赐福。为取信于神灵，商人祭祀时会跳一种叫万舞的舞蹈，舞姿奔放，场面盛大。高大魁梧、头戴"黄金四目"面具的神秘舞者，排列成见首不见尾的长龙，当鼓声骤然响起时，舞者便开始舞蹈。不知何时，人开始作为献祭品。而冷酷的君王有所不知：治理国家，取信于民，胜过取信于神。

在骨碴、碎陶片铺就的道路尽头，一座方形土坑赫然出现，这就是商朝档案馆遗址。随着朝代灭亡，河水泛滥，建筑塌陷，黑暗的废墟上盖上了一层厚厚的淤泥。几千年后，穷苦的农民在这里挖到甲骨，发现有止血功能，便将其叫作"龙骨"，把它们拿到城里当中药卖。被发掘后，上万片甲骨从数千年的土地深处探出头，一个个文字符号使古老文明呈现在现代时空中。瑞典人所著的《汉字王国》认为，与那些很快消失的文明不同，商文化的基因不在血统，而在甲骨文。正是这些文字，将历史上曾经的思想和慷慨的悲歌串联，于一笔一画中塑造了一个民族的文化。巍巍华夏的各个朝代，有着同文同种的根。

我站在雨中，仔细观察一片甲骨，临摹上面的文字。直到今天才看清楚，被灼烧过的龟甲是那么迷人，叶脉飞舞的纹路上显示了同一条文脉。

　　　　　　　　　　　　　　　　2023 年 9 月，河南安阳

无奈的对峙

乘高铁去五丈原，位于蔡家坡镇的岐山站是必经之路。出站台远望，无论是河床夹缝里的乱石、羊群似的云朵，还是闹市中钢筋混凝土建成的高楼，都像是滤镜处理过的图片，显出沉重的历史感。

五丈原风景区，是秦岭北麓黄土台塬的一部分，距附近的镇子只有几站远。在距今近两千年前，此处却是给诸葛亮留下终生遗憾的伤心地。

沿公路前行，干燥的土坡上布满了弯弯的田埂，红褐色的线条在上面盘旋，这是人们日日年年踏出的小路。河谷间金属质地的古道，有一层干枯的苔印。当年，士兵在田野里操练，一支阵容整齐的骑兵部队，朝着战场飞奔过去。那是一个知其不可而为之的历史决策。几个空塑料袋，嵌在枯草里被风灌满，发出呜呜的声音，仿佛行走中的木牛流马的声音。

蔡家坡镇号称西北第一镇，是陕西汽车制造企业所在地。工业园区的牌子，电商的墙体广告，在这里随处可见。路过一扇形厂房门口，看到破旧的院门深处，影壁式的土墙前，堆着黑色的焊条和废铁丝。几名工人停下手中的活看着我，空气中散发着钢铁被烧红的味道。忽然，我被一老汉叫住。他猜测，城里人远远跑来，不带相机，不带朋友，多是有单子。

我说明来历后，老汉有些失望，随即又变得坦然。他虽年过七十，但眼神仍锐利。聊起过去，老汉说，他早年跑运输，完成初步积累之后，在老宅里建起厂房，和儿子一起从事汽车水箱加工。然而天有不测风云，就在不久前，儿子意外去世，厂子和生活的重担全部压在了他身上。亲戚朋友劝他退出生产，将厂房出租，至少可以满足温饱。但他觉得，大事来临时，躲避不是办法，于是带上刚毕业的孙子，继续营业。把痛苦埋进内心深处，继续努力奋斗，算是生活中的缓兵之计。

午饭过后，我走进诸葛亮庙。矮矮的土原略显哀黄。错落有致的院落中树影斑驳，阴凉静谧，少有香客和游人。一棵古柏，张开无数"胳膊"伸向天空，在风中发出声音。大殿正中，悬挂着岳飞手书诸葛亮《出师表》的木刻牌匾，其中的"也"字被一笔拉到底，显现了书者身处绝境也毫不动摇的信念。少年读《出师表》，仿佛看到一位老人，借着微弱的灯光伏案写作的场景，为他的鞠躬尽瘁而感动。再读，终于理解了他之所以六出祁山战死前线的决策。那是在考虑各种人生结局后，作出的最终抉择。所谓人生圆满者，凤毛麟角。

正欲出庙门，忽见左手厢房的小门半开，一束阳光在门内浮动。只见那老汉立在其中，面对雕像，神色安详。

2023 年 8 月，陕西宝鸡

大唐西市

太阳还没出来，大唐西市外赶早市的店铺已开门迎客。卖杂货、蔬菜、中草药以及小吃的，让人应接不暇。身着唐装的文艺青年像时空穿越般穿梭于钟楼、城门、石桥之间，构成一幅幅繁华热闹的图景。

C区136号，是老冯女儿的古玩店，在西市一条极窄的街上。街口，高大宽阔的古城墙默默矗立。店外通道上，摆放着一座巨大的棕红色寿山石罗汉像。展架上，绿锈斑驳的青铜器，姿态各异的陶俑，明清时期的瓷器，琳琅满目。绿松石、孔雀石、和田玉籽料等原石类的吊坠、挂件摆满橱柜。

老冯的女儿艺术鉴赏专业毕业，身材高挑，言谈举止端庄大气，像一朵盛开的玉兰花。她一眼认出我手中的扁木盒子，面颊涨红，激动地说道："这是爸爸的东西！"我把盒子交还给她。她接着说："盒子是用来放卷烟的。小时候坐在爸爸膝上，我帮他卷烟时会用口水舔一下。爸爸觉得我口水沾过的纸烟抽起来香。"我手掌合十祝福，不由得想起那年夏天，响彻山谷的锤声。

那年的群山深处，老冯带领着一群人，挥舞着钢凿、铁锤，敲打着一块块巨大的岩石。夜晚，圆圆的磨盘旁燃起篝火。我站在树旁，看着火苗，兴奋难耐。那时的我，事业已步入正轨，对陌生行业有种莫名的兴奋和冲动。老冯是留在西安工作的北京知青，搞过收藏，那时他已经辞去工作选择自主创业。他语重心长地对我说："创业不能凭借一时冲动，对于自己不了解的行业，尽量慎重涉足。"下山时，他把一个烟盒赠送给我。幸亏这次的遇见，老冯善意的劝说和嘱咐，改变了我的决定。

老冯的事业几经失败，后来因为工厂交不上租金被迫退出。在负责景区的关停中，他突发疾病，被抬下山。女儿冒雨赶到时，老冯已经没了呼吸。现在想来，一切都像做了场梦。

桌上，波浪纹的石头淡青中略带橘黄，似乎刚从山上采来。

粗糙的表面没做任何修饰，后配的底座和木框限制了石头的野性，带着一种对称的美感，像古代的素屏。与那些华贵风雅的屏风相比，保留了本真，如同赤子之心。"看着铁骨铮铮，却经不起磕碰。"她说。短短的一句话，浓缩了父女间深深的情感。

当时的她强忍悲痛，从父亲手中接过摊子。陷入绝境的她，被迫静下心来，重新寻找出路。后来她将家里的老旧家具全部拆掉，请专业人员设计加工，与父亲留下的玉器石雕巧妙组合，开发出木镶玉、木嵌石等一系列的古玩藏品，以微薄的利润打入市场，将欠款逐一还清。在这个过程中，她创造了属于个人品牌风格的艺术品，开展起国际贸易。

走出西市，回望"丝绸之路"起点的长安，我也为老冯感到欣慰。耳畔不禁响起《木兰辞》中那脍炙人口的诗句："东市买骏马，西市买鞍鞯……旦辞爷娘去，暮宿黄河边……"仿佛感受到那穿越千年的气息扑面而来。

2023 年 7 月，陕西西安

情爱长安

一场下在深夜的雨，仿佛就是为了不让人看见。清晨，钟楼广场湿漉漉的，虽偶有雨丝拂面，但总算晴了。一阵风吹过，树上的枝条像长出一截来。轻盈的卖花姑娘，在人流中穿梭，好像忽隐忽现的蝴蝶，只一晃便消失在了人群中。

　　酒店外，站着一年轻老外，身材魁梧，手提布包，皮肤白净，如同涂了蜡的石膏像。"请问小雁塔怎么走？"他问我。我暗喜，正愁没伴，恰好可以同路。他也十分高兴，急忙去地铁口买了枝花，和我一同前往。出城门后，拐了个弯，天空突然耀眼起来。街上树影婆娑，桐絮飞舞，像是在借风传情。

　　路上，大体知道了小伙来历。他是瑞典人，自小就动手能力极强。普通的泥巴，通过他双手的揉捏刻压，俨然就有了生命力。这次他来西安，是为了专门学泥塑雕刻。每天取土、和泥、捶打，泥巴要经过反复捶打才有黏性，然后是塑形、阴干、打磨、上色。他全身心地投入其中，技艺进步得很快。

　　不远处，隐约看到小雁塔的倩影。梵宇寺院与千年古槐，高低相间。仰望橘黄色的塔身，部分塔身被一层厚厚的树叶遮住。槐树正在开花的季节，一片片白花映着阳光。小伙找了个僻静的地方，像画家写生一样，从包里取出工具，把花放在旁边，对着雁塔调整视角，依葫芦画瓢似的捏制起来。

　　他告诉我：平时在咸阳，累了会跑去古城墙下，感受艺术气息。滴水的瓦檐，彤亮的灯笼，恍若让人回到大唐。有一次，碰上一群人在露台酒桌上抓阄。阄是红纸揉成的，像成熟的樱桃在桌上滚动，谁抓到了写着指定记号的红纸，就和一名叫燕子的女孩共舞。不知道谁从背后推了他一下，让他凑个数，他就抓了台面上最后一个红纸。他漫不经心地打开——"就是你啊！"众人起哄，将他和燕子硬拉拽在一起，他才如梦初醒。女孩人前进退应对有礼，执扇而舞，束发的压发针随身体旋转一闪一闪。从此两人有了交集，他的世界不再孤单。

开始交往得不错。尽管离得远，但亲密的两人无暇他顾，突降的大雨也不能阻拦约定的见面。后来得知他整日与泥巴打交道，姑娘开始变得冷淡。而对于他来说，东方女孩的神秘强烈地呼唤着他，令他疯狂迷恋，以至于影响了学习。后来，他听说了小雁塔曾历经"三合三开"，决定用刚学的手艺，亲手做个泥塑雕像送给姑娘。我大概明白这种感觉，人在彻底失望之前，总是还会有些期待。

他的泥塑作品，外形挺拔，线条优美。塔顶部分，有断臂维纳斯的影子，又像是东方女神。只是塔身正面刻着一只雨燕，姿态上稍显扭捏。由于时间短，未干的塔身自上而下出现了倾斜。他赶紧从口袋里掏出棉花，将其揉匀后掺入塔身，再用双手压实，以增加泥土拉力，可是越用力越拧巴。直到禅院古乐演奏结束，泥塑也没做好。

我帮他找人请教，他在旁仔细观察。他欣喜地说，这次即使不成功，但也懂得了塔千年不倒的原因。古代工匠根据地质情况，特意将塔基和夯土铸成半圆球状。塔身也并不是像拼乐高一样简单堆砌，而是采用沉积式结构，所以才会如此坚固。

光线渐暗，风吹着树梢，也有了些倦意。树外面的塔，塔外面的天，都已经灰的灰、黄的黄。只有那丈把高的灌木，在暮色苍茫中，高高低低地开着碗口大的红花。晚风中的他，惆怅又释然。

2023 年 7 月，陕西西安

天马行空

　　早上，从川主寺出发时才知道，负责接待的老汤夜里接了个电话，要到几百公里外的那曲抢收虫草，天不亮就出发了。去草原看赛马的行程，只好由他朋友接替。

　　老汤祖祖辈辈以放牧为生。但前些年为了孩子上学，他一次性卖掉所有的牛马，将牧场出租，全家搬到镇上生活。离开草原的第一份工作是淘金挖沙，收入还算稳定。不承想，河道治理的新政策让他刚燃起的淘金梦突然中断，后来只能靠种青稞莴笋、到工地打零工、开货车等高强度的体力劳动维持生计。然而，这些并没有改变这个草原汉子对远方的向往。

　　这里地处青藏高原与成都平原接壤处，岷江东西源汇聚于此，道路四通八达。河谷中，被荒原覆盖的茶马古道上遍布着文成公主的传说。藏族风格的砖木建筑，古色古香的韵味，把人唤进古风浓郁的汉唐岁月。

　　路上车辆稀少，天似穹庐，笼盖四野，草原起伏的轮廓如油画般呈现在眼前。藏民们堆起的玛尼石像如兀立于荒原的群雕，铺散在山坡上，连同一片连一片的白毡房从车窗外闪过。天气说变就变，一阵疾风吹过，猛烈的暴雨随即赶来，刚刚还陶醉在诗韵中的我，被这突如其来的遭际所震撼——这就是草原！陪同的朋友不善言辞，一副安心知命的样子，一路的车速都保持在六十公里每小时以内。

赛马场位于三省交界处的若尔盖草原。雄鹰挥着有力的翅膀飞向高空。碧蓝的水库，凉爽的山风，无边的花海，那近乎饱和的色彩，让人不禁怀疑眼前景物的真实性。在巨大的骏马塑像前，正想象马蹄踏过大地时那排山倒海的声响，却被告知，因为塌方造成道路堵塞，比赛取消了。实在让人难以接受！心情也随之一落千丈。尽管最具特色的篝火烤羊腿和牦牛火锅味道也确实让人惊艳，但想想此行的目的，总是意难平。

听司机说，前几年镇上搞旅游开发，老汤的家从川主寺旁迁到下游。等孩子上了大学，他便在自家建起库房，开始收购当地中药材和藏地旧物。怀着好奇，我找到了老汤家。半晦半明的房间里，亮着一盏灯，房间里尘土弥散。旧木桌上堆满了店铺里常见的川贝、虫草、牛角，以及藏羌族人的日常饰品。地上散放着形状各异的石俑残片，似乎都在默默诉说着遥远的故事。

突然，老汤风尘仆仆地出现在面前，让我吃了一惊。稀疏凌乱的头发，让他在风中显得有几分苍老。雨后的天空送出一轮巨大的落日，老汤那疲惫的身躯也被浸染得暖融融的。没人知道，这单薄而佝偻的肩背，到底承载着多少重负。他面带笑容，从口袋里掏出一只玉马，放在靠窗的位置。

我眼前一亮。玉器质地细腻，造型独特。马的一只前腿微微抬起，转头侧目，孤傲地矗立着，像是挣脱了轭具的驾驭和辕木的束缚，向着水草茂盛的地方发出苍凉的嘶鸣，又像是在倾听远处悠扬的歌声。他说，器物名叫"天马"，来自藏区寺庙，是古代汉族和藏族人民隔空交流的信物。

我看了看老汤，行程落空的遗憾一扫而空。

2023 年 7 月，四川阿坝

乾陵人家

登上乾陵朱雀台时，祭祀表演已近尾声。舞台上，武周时期的重臣轮番上阵，在磨损的石板上慷慨陈词，以安慰那个充满才华与谋略的灵魂。士兵和宫女铿锵华丽的舞蹈，诉说着那个时代的兴隆与显赫。平台四周苍松翠柏挺立，青石嶙峋，场面华丽。

落幕时，主祭司上官婉儿睫毛倏忽抬起，眼角滚出泪花。她仰视苍天，南望太白山，携群臣跪身叩拜。舞台四周顿时鼓乐四起，震人心魄。一种无言的决绝和骄傲，被酣畅淋漓地呈现出来。此刻，我仿佛置身于女皇统治的时空。

乾陵建在梁山顶，占地约四十平方千米，俗名"姑婆陵"。当地至今还把祖母或年高有德的妇女，尊称为姑婆。这里山势高低起伏，曾是古代的交通要道。秦御匈奴，张骞通西域，以及汉唐的丝绸之路，都从此处经过。

一朵浓云遮住了西沉的太阳，太阳用最后的光芒给自己镶嵌了一道金边。四周村庄鸡鸣犬吠的嘈杂声被风吹得很远。参与表演的附近村民好像从被点燃的自豪感中慢慢回过神来，跟随游客，顺司马道下山，返回平凡琐碎的生活。

村里人的祖上大多是逃荒而来，世代居住在山上，因此被称作"守陵人"。他们大都有着方方的下巴，眼神里透着陕西关中乡下的那种闲散，但每个人都有自己擅长的手艺。人群中巧遇老吕，他是我上次来乾陵认识的当地村民。朴实豪爽的他没说几句话，便用铁耙一样的大手拉我去他新开的面馆。我知道乾县驴蹄子面素来有名，便不再推辞。

老吕的面馆在停车场附近一间砖石垒起的不大的平房内。房屋四周，林树蒙茸，成片的桃树枝上结满黄桃，很远就闻到香甜的味道。离饭点还早，店里空空的。不一会儿，还戴着闪亮头饰的老吕的女儿领着弟弟走进来。她鼻梁端正，目光清澈，虽然年纪轻轻，但举手投足分明是女主角的气质。她将那些刚摘的新鲜又熟透的桃子洗净，递到弟弟手里，就一头钻进了厨房。

在乾陵风土的滋润下，老吕女儿迅速成长。大学毕业后，她更加懂事且敏于事务，平时待在店里看弟弟、给老吕打下手。自打有了演出任务，她更是每天天不亮起床，整肃妆容，跑去无字碑前练习。虽然只有三两句台词，但她仍然精益求精，把自己融入角色里。她清楚，每一场演出对于普通观众只是体验，对于自己而言却是值得珍惜的机会。

老吕女儿将和好的面切成马蹄子状，下锅，煮沸，放辣椒，搁盐，用煎油一泼，那动作从容流畅，如演出一般合于节拍。老吕准备的臊子，有肉的、洋柿子豆腐的和炒韭菜三种。面的味道筋道可口，辣味十足。摆在桌上的还有各种小菜，让人禁不住口中流涎，准备饕餮一番。老吕女儿莲步轻移，毕恭毕敬地端来一大碗面汤。一碗下肚，通体生热，一股豪气油然而生。

院子里默立的杉树是三千年前便有的物种，树下有两块黑色的石头。站在树下歇凉，看到窗花剪纸被厨房的蒸气浸润，湿漉漉的。老吕女儿那清澈而坚毅的眼神和红宝石发夹，使这座小院充满灵气与希望。

2023 年 7 月，陕西西安

麦积烟雨

近年来实业难做，身边那些爱旅行的朋友，大都很久没有外出了。想到先前的计划和走了一半的行程，我还是强迫自己整装出发。

"火车过了宝鸡，穿越一连串山洞，山洞过完就是天水……"此行总算见到了傅老师书中所写到的天水。他送给我的关于旅行的书，像一艘沉没在书柜底层的船。

天水站被黄土组成的群山所包围，植被稀疏，苍茫深厚的黄土在太阳下有种金属般的质感，很难与想象中的"陇上江南"联系起来。河谷道路像一条长长的曲线，把原野、城市、村庄连成丝带。在这条丝带上，由上而下缀着祁山、秦州、麦积。路边的广告牌上写着"羲皇故里，人文始祖"。

麦积山位于天水市区以南约三十公里处，是秦岭山脉的一座孤峰。这里植被茂密，空气中弥漫着淡淡的松香。麦积山石窟建在直立的绝壁上，历经千年，泥塑的佛像依然保存完好。天空飘来雨丝，悬梯被云雾笼罩，我脚下湿滑，双手须臾不敢离开扶梯。古老的泥塑佛像坐落在石壁中，一个接一个，形态各异。或静观尘世，俯看苍生；或犹抱琵琶，凌空飞舞，让人不由得感叹雕刻者的独具匠心。最早的石窟建于后秦，当时兵荒马乱，战火连绵，人们都在寻找内心的慰藉。我仿佛看到四处刀光剑影中工匠雕刻泥塑时沁出的汗水和泪水，听到当年开窟凿石的声音、山下古寺低沉的诵经声。石窟壁画间，香客朝拜、拍照、高声交谈。我站在廊下，俯瞰大地，如穿越梦境般想象往昔。一只野鸽子飞过，将我的思绪猛然拽回到现实。

一尊慈眉善目的佛像，像极了天水籍的傅老师。傅老师身材高挑，皮肤白净，上课幽默风趣，语气柔和，加上标志性的光头造型，深受大家喜爱。见到他的时候，我已下海经商。那时的我身份变了，却还被过去的思维习惯所禁锢。觉得生活枯燥琐碎，心里像长了草，迷惘又想寻求突破。傅老师课堂中的智慧，一定程度上指引了我后来的人生道路，重新激发了我为事业奋斗的热情。

穹顶的石窟内，一块佛传碑引人注目。青色花岗石上，有一尊采用浮雕手法刻成的立佛，后有祥光，顶有华盖，一孩童全身伏地，长发铺于头前。这讲述的是佛陀儿时拜师学法的故事。孺童刻苦认真，日日精进，师傅见其是可造之才，于是勤加教勉。释迦此生成佛，并非无缘无由，而是经过了无数修行顿悟。这些经历风雨依然晶莹如新的造像，像一面镜子，照出了我的怯懦。

傅老师退休前的最后一堂课上，笑着对我们说："麦积山的石窟造像，是生命的舞者，它的真正魅力体现在困境中的思悟，苦难中灵魂的救赎。"我知道，留存在他心底的故乡，始终不改其色。回味着傅老师的话，我重新规划起行程，准备继续行走下去。此刻，耳畔传来的寺院钟声，似乎带着远古的气息，浑厚，悠远。

2023 年 6 月，甘肃天水

武林夜市

"武林夜市"——在人物繁盛、市井骈集的江南竟然有此名号，不免让人产生关于江湖侠士的幻想。课后出地铁口，穿银泰百货，我独自在徐徐的晚风中朝武林广场走去，心想或许能遇到些大隐于市又无人知晓的绝世高人。转眼走近少女雕像，忽然发现，整个广场像被台风扫过一般，冷冷清清，空无一人！不禁大失所望。不经意间，我看到了夜市地图，如获秘籍，重新振作起来，按图索骥，绕过杭州剧院，沿武林路过两个路口，人潮汹涌的景象便出现在眼前。然而现实中的"武林",并非想象中的"武林"。

靠近西湖的武林路,曾被称为"女人街",一直是杭州最繁华的地段。升级改造后,南端被打通,分时步行,多了小吃摊位,人气更旺。在古风主题的市集上,巨型充气玉兔灯一脸骄傲地立在人群中。彼此相邻的快闪拍照、奢侈品回收、印章篆刻等各种摊位,看似风马牛不相及,竟然也毫无违和感,还增添了市井气。弹无虚发的枪手,瞠眼用力,靶靶命中,脖子上挂满奖励的玩偶。一身汉服、脚踩高跷串街的花仙子特别亮眼,神情自若得如履平地,吸引了一整条街的孩子们跟着奔跑。《武林旧事》上说,每逢入夜,大街小巷游人如织,摩肩接踵,各式各样的商品令人目不暇接,叫卖声、吆喝声,此起彼伏。就连南宋帝王和平素深居闺阁的千金小姐,也经不起诱惑,争相上街一饱眼福。看来,古人诚不我欺!

街角不起眼的地方,采耳、足疗店吸引了我的目光。圆圆的木桶并排摆放在明暗光影里,白色塑料膜浸泡在水中,像浅池生出的"荷叶"。年轻的技师皮肤白净,体型瘦小,头腰各缠红布,明亮的双眼中透着慧气,乍一看像文弱的书生,但肩膀结实,动作利落,手到之处,隐隐传来顾客喊叫声,心里真为他们捏了把汗。一旁的女人则笑容满面,语音柔和,适时与客人讲解。原来小伙自幼酷爱研究经络,对人体穴位天然敏感,对足底全息疗法更是烂熟于胸,并根据顾客反馈意见,灵活调整指法,经过十多年的经验积累,已经小有名气。生活虽然辛苦,但这份对生活的责任与担当,令人肃然起敬。

这西子湖畔的武林街头,展现着广阔的世界与各色人生。所谓的高人，就是肯用自己的双手塑造生活的人。成熟独立的心灵，可以在任何境遇下发现生活的美好。店面房檐下悬挂着的"武林"字样的红灯笼，在夜风中不停地旋转。"武林"二字一会有一会无，一如这善变的世界。

2022 年 9 月，浙江杭州

沐抚人家

　　从恩施返程前的晚上，突然接到老吴电话，邀请我们去他开的"沐抚人家"做客。巧的是，收到航班因天气改签的通知，心想这恐怕是老天有意促成这未尽的机缘吧，于是决定第二天提早下山，去镇上走一趟。

　　车子穿过隧道，在转弯处停在路边。从地图上看，这个拥有千年历史的古镇，位于恩施大峡谷极偏僻的角隅上，这个名为沐抚的小点，曾作为土司管辖的山寨，安顿着数千人口。峡谷中心的小镇以粗糙岩石砌成的城墙为中心，向四方展开。围绕着古镇，一些巨大的石块堆在四周山顶，像废弃的碉堡，随山岭脉络蜿蜒各处。

　　迎接我们的是老吴的女儿，她格外热情，身着满襟衣，头缠丝帕，肩上背着硕大的竹篓，竹篓里"盛开"着蔬菜水果。估计是竹篓太重，走到门口大杉树边她便停下来，在温和的阳光下呼呼地喘气。老吴的家，是沿大街走向的吊脚楼中的一座，由原来的老房子改建而成。楼下四面皆空，横排四扇门三间房，各房样式基本相同。屋内古旧的门柱上雕梁画栋，曾经复杂精美的痕迹依稀可见。不禁感叹，过去的那些工匠是怀着怎样的想法，创造出如此精益求精的工艺？他们是否会想到，千百年后，这些精湛的技艺会成为民族文化的象征？为满足客人住宿的需求，房间内安装了相关电器和新兴电子产品，处处体现出现代科技的发展。

老吴带领我们来到重建的天王庙，其正中央的白虎图腾代表着土家族的原始信仰。古时人们会根据家中状况，杀猪宰羊，献鸡献鱼，到庙里祭祀先祖，求神保佑五谷丰登、六畜兴旺、儿女健康。到近代，朝廷派遣来了许多戍卒屯丁，读书人和军官成了这里的统治者，村民大半被同化。

走出庙宇，晴空朗朗，我站在万山环绕的古镇高处，眺望那些远近高低、整齐而又不同的建筑，感受时间和历史赋予它们的价值。

老吴是地道的土家族人，祖父在当地文庙做山长，母亲从小教他识草药、记医方。老吴的女儿每日行走在山间，遥望远处的山寨，猜测土司的生活，许多新奇的想法在心中产生，于是开了直播。对于女儿的每场直播，老吴都会找个小小的角落，默默看着。可能是因为女儿的有些想法太过前卫，让老吴一时难以接受，父女之间时常会发生争论。

正说着，远处婚嫁的欢喜人群中隐约传来哭唱声。老吴忙释惑，这是已经延续几百年的哭嫁风俗，是伤离别、念亲恩的表达，后来成了一门传统技艺，不哭的姑娘不准出嫁。我原以为是一种带有表演性质的礼仪，后来发现，姑娘颤抖的声音饱含深情，目光是那样的柔软和依恋，不禁笑起自己的无知。其实任何一种文化留下的不仅是器物建筑和风俗，还体现着人类相通的情感。思绪间，看河里的水流环绕着沐抚古城，汇入十几公里外的清江，直抵山外。

2022 年 7 月，湖北恩施

太平湖

自从在展会上认识了阿慈，我便开始对形形色色的植物标本着迷，得知她正在准备"春标"素材，我便决定顺路前往，体验一把现场采集制作的乐趣。

阿慈的家在黄山脚下的太平村，村子坐落在太平湖畔，为当年阿慈的先辈们躲避战乱而建。孟夏时节，行走在田垄之上，薄雾间现出徽派建筑的剪影，其间如果不是邻里往来，鸡犬相闻，真疑心这是吴冠中先生笔下的水墨丹青画！湖岸上一望无际的田野，被明亮的水渠划成整齐的方格。油菜花上青虫乱撞，黄蜂飞舞。处处见磨镰扛锄，水欢人畅。绿色最深处依稀可见几座小桥，从桥上望去，宽广的湖面蒹葭苍苍，轻鲦出水，白鸥矫翼，无尽的湖水与苇丛一直绵延到远处的山巅，心中顿生无限舒畅与亲近！

　　湖边小木船上，阿慈弯着腰，吃力地将采摘来的植物放在水中浸泡。花季少女毫不设防的气质，让人觉得单纯且值得信任。她轻轻地向我打招呼，并没有停下手上的工作：将搜罗来的飞蓬叶子、白茅草根和凋零的甘棠花摊开，用镊子把它们一片一片摆放在带内饰的木板上，用吸水纸吸干水分，将褶皱压平。再用刷子蘸温水去叶肉，分别涂上番红花雌蕊的黄、木蓝属植物叶子的蓝和甲虫壳碎裂后的红色。她说一般的标本框多是欧式风格，她想融入传统元素，这样虽然出新慢，却合自己心意。想起书房那些精美的松果落叶，像是将啾啾鸟鸣定格在岁月里，散发着清新淡雅的生活味道。

　　转眼工夫，她已经收拾完毕，背起箩筐、拄着手杖带我进山，几个明媚少年兴奋地跟在身后。据阿慈说，她从小习惯跟爷爷进山采药，每到秋冬降临，华叶衰败时，她都会有种莫名的忧伤。懂得了四季轮回后，便学会了欣赏每个生命体的精彩瞬间。茂密的林木中，小鸟腾跃而上，高飞数仞又忽然转下。阿慈或踮着脚尖踩在石头上，或蹲在草丛中，收集各种蕨类植物，瘦小的身体始终稳当。面对毒虫和孤寂的侵袭，她也曾有离开的想法，但从无忧无虑的大自然进入喧嚣都市，总有种悬空的感觉。比起热门的集市活动，她觉得自己就像山顶遒劲的松树上生长着的苔藓，更喜欢倔强努力地生活。

　　穿过松林，在突出的巨石上放慢脚步，只见余晖映照的春山，平静地倒映在金光闪闪的湖水中。像蘑菇样的棉花山，将暖意和活泼融合进了时光。这里的生命经过绽放蜕变后，潇洒地接受枯萎凋零的结局，等待下一个轮回。这些年每次经过这里，感受这喧嚣中的幽静，总会想起黄山石刻上的那句诗："立马空东海，登高望太平。"

2022 年 4 月，安徽黄山

诗意酒寨

谷雨时节，收到江佑酒寨举办封酒仪式的邀请，先是有些犹豫，但想起与志刚的约定，我便决定即刻动身前往。

江佑酒寨，位于江西省吉安市青原区的群山之中。酒寨两翼是林木茂密的山峰，像雄鹰丰满的双翅向外延展。山谷之间泉水为涧，自然成湖，山根处恒温恒湿的天然酒库，是志刚创业底气的来源。抵达的下午，装束统一的酿酒师们正忙着封坛。落絮依酒，飞花入衣，鸟儿鸣唱。听师傅们讲，地窖里的酒，对温度、光照、通风都有苛刻的要求，要根据季节变化来改变味道。"夏不酿酒，冬不制曲"，在谷雨时封坛，有利于酒的发酵，酒的口感也会更浓郁。

酒店的客房里挂着陶渊明的诗句，窗外花香扑鼻，水声潺潺，偶尔传来山寺禅音。我倚在床上，吃着自己最爱吃的水果，心里生出细小的情思和感动，也许志刚正是凭这份"心有猛虎，细嗅蔷薇"的定力，让家乡传承千年的佳酿走向了市场。这样想着，我在不知不觉中睡去了。

次日上午，微风习习。湖心小岛葛藟绵绵，葡萄缠绕。祭拜仪式上古琴悠扬，志刚一人分饰两角，与朋友在新亭对酌，促膝诉说平生，庄严神圣之中蕴含着平凡的真情。围观的人群不由得赞叹他那精湛的演技。祭拜结束后，志刚抱着一坛酒，走在队伍前面，沿一条蜿蜒幽深的小路，走向藏酒处。手上不时掂量着分量，露出满意的神情。身后的人踩着节奏，用家乡话喊唱着当地的山歌，只听到像是"清、偕、兮"的字音，像诗词堆叠的韵脚，又如劳动时的号子。竹竿上的酒，欢喜地摇个不停。

初入洞口，窖香迎面扑来，黑暗中人们只能摸索前行，数秒之后眼睛才慢慢适应。岩壁上幽幽的光线相互映照，人们随光线在两三米高的石柱上走动，像是从远古走来的先民。一排排木架上摆放着大小整齐的酒坛，形象立体，若隐若现。志刚把标记了名字的酒标注好时间，将曾经的温存一起静静储存。在场的人们对生命和自然的敬畏被深深唤醒，继而产生浓浓的期待。

杜鹃声声，百花盛开，霭霭春空中，我们把酒相别。山上松涛激荡，像是表达品味过酒后的怅惘之意。对于年近半百的人来说，那些桃李花开、春风沉醉的岁月，都在蒙蒙细雨中渐行渐远，他们更愿意把过去的喜乐与悲愁、勇敢与辉煌，深深地封入坛中，用心酿出更好的生命之酒。

2022 年 4 月，江西吉安

茶香满楼

雨一直不停，眼看游茶山的计划即将落空，不免有些担心。便到茶楼上沏一杯新茶，在茗香中，我的心情逐渐平复下来：等等看吧。

同学的茶楼，坐落在"龙井问茶"牌坊不远处，雨巷中许多的茶埠招牌被葱郁掩映。屋内灯光下，围坐着平时不多见的亲友、操着天南地北口音的客人。分装好的春茶，依次堆叠在门口，等着被快递小哥带走。以前曾听母亲讲，小时候在安吉，姐姐们放假回来也会帮农户采茶、装茶，以补贴家用。脑海里顿时浮现出云雾缭绕的茶山——一片片郁绿得如瀑布般悬挂在山坡上的茶园，以及那些关于茶的悠悠往事。

茶越冲越淡，雨却越下越大，茶山看来是去不成了！同学怕我郁闷，和我聊天说，他家祖上是茶贩子，有了积蓄就落户于此。老爸继承祖业，当过公社茶场技术员，后来将亲友们的茶园全部承包下来，保留了不少老茶树，这些年来一直捧着金茶碗没放下。茶楼主人正是同学老爸，他衣着整洁，说话声音不大，做事有分寸，总是默不作声地擦拭桌面，不停地笑着往几只渐空的茶杯里续水。

正说着，一身材灵巧的中年男人，湿漉漉地从水幕中走进来，擦干手挑出簸箕里紫色的晾晒完的嫩芽，倒进抹了茶油的铁锅里，随着叉子般手指的来回翻炒，一个个毛茸茸的小椭圆变成了小尖尖。这位炒茶师是徽帮茶人，从学徒开始做起，在这里已经有二十多年。当初一起做伙计的，有的开店做了老板，而他就一天到晚不离箩筐，安静地守候着这里的一切。炊烟深处的青石小路，走来几个似"跑山"回来的采茶人，他们雨衣和帽子上的水滴，被彩色的灯光照亮，像一颗颗珍珠在跃动。和他们打了个招呼，短短几句话，就能感受到江南农人的淳朴。

雨渐渐停了，气清景明。楼上的老茶客们走得差不多了，我带了茶叶，略带满足地斟了一口桌上的茶水，准备离开。日日常伴的茶，这次散发出的独特沁人的鲜香，似乎是我平生第一次尝到。猛然间，我似乎懂了那飘风急雨里的芬芳，不仅在山巅，也在寻常生活里。

2022 年 4 月，浙江杭州

拱宸桥旁

那是几天前，杭州正逢杏花春雨、十里莺啼，珍珠色的流云像晃动着的湖水，映得每个人脸上熠熠闪亮。自从开始留意生活，我好像对周围的人充满了好奇。下课后，我很快打上车，赶到武林广场，又穿过半条街，走到水上巴士站，坐船前往拱宸桥，去拜访运河边的朋友。

千百年的运河水缓缓流淌，暖阳下炫目的波光层层破碎，感觉像是从前来过一样。二十几分钟后，离船头不远处冒出两只浮雕螭龙，盘踞在桥墩的石柱上，河水碰撞浮雕后激起漩涡。这里既是京杭大运河的终点又是起点，曾是远近闻名的漕运码头。浮云千载，一千多年前伴随着运河开通、科举推行，中国社会彻底打破阶层固化，开启了真正意义上的人才流动之路。

船靠岸边时，颤了两下，像鱼抖动着鳍在水流中稳住身子。拾级而上，过石桥往东转，沿曲径望见叠石成山，老街上散布着铜钱布条和瓷碗。朋友和我年龄相仿，曾是大学老师，常云游四海，爱将所学教授于人。我被他的情怀所吸引，时常登门请教。朋友的工作室位于桥旁临水的两间房里，屋前有一棵老树，绿荫覆在窗上。屋子前后被隔成两段，屋内纸窗竹椅，一束散乱的更香更显幽静。我想起忘带礼物，已来不及去买，搔首踟蹰间，又想朋友间恭敬在心，不在虚文浮礼，便放下念头，煮了茶，闲坐窗边，看窗外斜阳尽染，河水由青绿变成金黄。

隔岸飞云过天，游人不绝，仿古建筑的黑瓦让人想起旧梦，发亮的青石板上有几个身着古装的小伙，头戴柳枝编的官帽，像是在排练节目。河面上汽笛声、锣鼓声、歌舞声连在一起，顺着河水飘向远方。循声望去，高大繁茂的花树下，一群孩子前呼后拥地将一位老师模样的姑娘围绕在中央。远远看去，姑娘身材高挑，手中剪刀上下飞舞，在姑娘的深色围布和飘落的花瓣中间若隐若现，姑娘也宛若水上盈盈盛开的莲花。这时只见朋友的身影从人群中闪现出来，原来他在为年轻人指导杂剧。据他说，对岸的姑娘是当地职业高中的美发老师，原本在乡下剪发，几年前一举拿下世界美发职业大赛冠军，荣获"中国青年五四奖章"，彻底改变了生活。每逢好天气，她都带学生在运河边义务理发，成为运河边的志愿者。她也凭借自己的温柔和出色的专业能力被人们喜爱，尤其是孩子们。

屋外晚霞映照，桥被染红，夕雾笼罩运河，星辰将起，满河都是渔船灯影。有萤火的光芒，在柳堤蓼渚间流动。桥上擦身而过的人们，高高低低的身影，像跳动的音符，引领逐梦的心沿运河飞向星辰大海。古老的拱宸桥如沧桑岁月中的一道彩虹，温柔地顾盼往来。

2022 年 3 月，浙江杭州

开学路上

风轻日暖，斜阳遥遥地洒在人工搭建的站台上。我一路小跑，在列车启动前，一脚踏进车厢，发出"咚"的回声。身后成团飞舞的花絮，像春神足下的一朵朵轻云，借着风力越飞越远，渐渐远离了自己。车厢内春光抓住机会，在每一扇玻璃上闪耀。我将身体靠窗，气喘吁吁地闭了眼，晃动的思绪沿路轨展开，整个人像形神相隔了般。

不比江南的突然花开，就在几日前，北方的大自然才被舒卷的春波吹开双眼，慢慢地现出一片桃红柳绿，花香鸟语也渐渐盈满整座城，似有无边的光阴在眼前。春光明媚的季节，心绪却惆怅不已。这样好的天气，要怎么度过呢？夜晚人声初静，突然收到开学通知，既兴奋又慌张，想起少年时的读书时光。我赶忙收拾行囊，推掉所有工作，准备出发。好像来去无踪的风，只有从枝叶的摆动和水波涟漪上，才能感知到自己的存在，重新去读书也感觉自己在迷茫的生活中流动了起来。

飞驰的车窗外，绿意渐浓。想起五年前在浙江大学西溪校区嫩绿的草坪上，与沙孟海老先生的题字合影，闪光灯闪烁的一瞬，攥拳咧嘴，像被自己感动，那场景好像是在上一秒发生的。那时的自己更多的是一种盲动，急切开始阅读西方哲学类的书，不知道是因为书翻译得不好，还是语句本就晦涩，一两个小时只能阅读一两页，那种感觉就像是从泥潭里拽一辆马车。禁不住拷问自己：有这么多事可做，为什么偏要去读书呢？是为了那份表面的虚荣，还是不甘平庸，渴望找到改变自己的路？

在纸页与岁月的糅合中，转机不知道是怎么开始的。好像就是熬着熬着，文字开始变得容易被"吞噬"，意义、想象、感动……纷纷从书中跑了出来。终于明白，时光是何等缓慢，以至于对读书从量变到质变的转变没有一丝察觉。半梦半醒中，随手翻看自己的公众号，近九十篇的短文里似乎隐藏着问题的答案。春随人意，逝去的时光，若不被书籍包裹，未免会辜负了生活吧。

2022 年 3 月，浙江杭州

儋州月明

　　一直想去儋州，可惜好几次来去匆匆，只能在环岛列车上与之相望。每次想到北宋大文豪苏轼最艰苦的岁月谪居在此，就觉得过而不到，像是欠下一笔债似的。"我本儋耳人，寄生西蜀州"，是他对这异乡天地淳朴百姓的眷恋，这种感觉我也一样有。秋光渐老，此时正逢儋州歌会，充满浓郁黎族风情的欢会不由得让人心动了。

　　对于博识的人来说，海南或许缺少历史感，岛上似乎很难找到像样的文化古迹。但儋州是个例外，中和古镇的东坡书院，是东坡先生晚年安身之所，豁达淡定的他在此开坛讲学传道授教。由此，儋州成为海南文化的传播地。儋州歌会始于宋代，延续千年，为边徼之地赢得了"歌海"的美誉。东坡先生曾以"夷声彻夜不息"赞誉当地歌风之盛。有了歌声便有了生活的乐趣。

　　走进古镇，迎面吹来微凉的海风，浅玫瑰色的霞光遍洒大街小巷，给人古朴清丽的感觉。如铁的古树虬藤盘绕，无数的根坚韧地立在地上。三角梅毫不以秋为意，密叶里开出满树的繁花，仿佛沉浸在喜悦之中。远远望去，北门江畔依傍浓荫扎起的戏台上人们着盛装飞舞，像渔船归港般热闹，耳畔传来的嘹亮悦耳的歌声令人身心荡漾。

传统的儋州歌会分为调声和对歌。调声是山歌的升级版，腔调婉转；对歌则是情窦初开的男女唱答试探，心意歌中自知。只见台上穿无领对襟衣、赤足包帕的小伙，落落大方，如远道喊人的原始呼号充满野性，唱到高潮处，西北秦腔似的喊叫引爆现场。着青布贯头衣、黎锦短筒裙的女子，像风姿绰约的椰树，用黎族特有的土味情话，对小伙声应气求。据说在当地只有登过台的青年，才有出人头地的可能，或许这也是这项活动经久不衰的原因吧。

歇脚处有一泓泮水，让我在这浩歌的异乡，想起在家乡观泉赏月的情景：人在泉上过，水在脚边流，脚踏着石砌路上的树影。泉水如丝如带，水声淙淙，如一斛珍珠迸发，叮咚作响，像是与行人对歌。我们披着月光踏歌归家。人生许多事如船后波纹，过后才觉得美。绕过弯弯的泮池，进到二楼靠窗位置，隐约可见台上如潮水般摇动的颜色向四面八方迸散。本以为听过"嘿撩撩螺"的广西山歌，领略过戏剧的韵味，很难再涌起强烈的情感。但现场聆听这古老甜美的民歌，在海天间有另一种韵律。我倚窗凭栏，边欣赏边回忆。

夜色阑珊，人群三三两两散去，悠悠的天空，留下几条云影在空际雅舞。遐思迩想时，一位女孩坐在对面，粉眉不匀的样子，惊得我一颤。姑娘像是感觉到什么，笑盈盈地说："演出完没卸妆就来了……你从哪儿来啊？"我笑着点头，道："我呀，不远……用了半生刚到！"一阵风掠过，姑娘起身离开，留下颊上的浅浅酒窝，让我想起《故事新编》中那个即将奔月的嫦娥。

想到此，我下意识地眺望窗外。邈远的天幕上繁星点点，银辉漫洒，一轮圆月在云层里发出皎洁的银光。院外密生在枝丫间的菠萝蜜，粗粗大大的栀子花，百年芒果和地上数不清的花草，散发着醉人的香味，使人心生安宁。思绪散去，古往今来人生的种种境遇，过往的欢喜哀乐各有不同，却都短暂。这样想着，我走下楼台，在清风中抖落尘埃，在蛙鸣萤飞的黑夜前行。

突然池中一响，我凝神对视，想起过往。这半生辗转中，曾经有过生命无处突围的黯淡和寂寥，不知根由何在？原来这一切，都肇因于对甘苦命运的感受。只有那些因饱经忧患而更加温厚的心，才能转烦恼成菩提，把莫大的苦化成爱。明白这些，需要千回百转间的突然了悟。此刻江畔传来宿鸟的呼鸣，池水随着江上明月升高，渐渐转亮，内心似乎有些柔软和解脱，不由腾起刹那间的喜悦和从未有过的清明。

2021 年 9 月，海南儋州

潭门祭海

去潭门，最该看祭海。想来平日去海港，就是吃吃海鲜、洗洗海澡，充其量搞个海钓。但潭门不一样，秋日潭门除赶海寻宝吃大餐外，还可以参加拜祭龙王、兄弟公，祭船，欣赏舞狮舞鲤鱼灯等一系列古老的祭祀活动，在暖阳下，享受一场海洋文化盛宴。与以往不同的是，开海数日，开海节却迟迟没有动静。好奇和盼望像团火，使人躁动不安。一场秋雨过后燥气未减，我再也忍耐不住，索性直接前往探个究竟。不知这汲汲然莽撞的样子，是否会受到海神的嘲笑？

有着千年历史的潭门渔港，是通往南沙诸岛的咽喉。从镇上到大海有一里长路，路的尽头，一条海堤直直地伸入海中。漂浮的网具、无数船只和桅杆，纵横错落浮映在天水间。一声汽笛鸣响，大船进港，激起礁石上海鸥振翅飞翔。渔民广场上，几根巨大圆柱呈"门"状，两侧悬挂铜铃，在风中声音响亮，似在暗示平静海港背后隐藏的风浪，以及拓荒者勇于搏击风浪的精神，使我倍感振奋。

曾经的码头成了流动市场。有着"海上牧民"之称的渔人，有着紫赤的胳膊，突起的小腿肌肉，一看就很健壮。喜欢梳脑髻的女人，头顶竹笠，皮肤棕色，穿着短短的夏布裙，透着海边的气息。他们每人一副担子，挑着一筐筐新鲜渔获，成团成簇地经过。许多居民或游人排成行，在摆渡登梯处翘首等待，像电影《红色娘子军》中动人的画面。我着急确认祭海的消息，向周围人打听。骑三轮车的当地人，指着岸上一块红色招牌，用琼海普通话认真地说："喏，那里的老板清楚。"

我沿他手指方向走去，在雨降般的蝉鸣声中穿过流动的树影，走进一间酒楼。酒楼藤椅上躺着个中年男人，宽额头，眼睛深似潭水。他独自望向窗外，略显闲散和忧郁。靠墙的展架上，摆放着珊瑚翡翠和一些夺目的贝珠。得知活动取消时，我有种人间拂意之事常八九的感觉。转念一想，海祭也只是有几个固定的民俗表演，说不定也会让我失望。上二楼近水楼台眺望，白茫茫的一片海水静静淌在中午的阳光下，海岸一带稀疏的椰树和芭蕉林合为一体，耳边传来林涛声与海涛声。不经意间，一张旧照片引起了我的注意，照片中一只木船被分割拆解，那些拆卸下来的老船木正是我想要的。于是我索性坐下来，和老板聊了起来，谈到花蛤豆腐汤、椰蓉花卷、番薯饭……仿佛已经尝到了美味。

我住的地方与闹市比较远。傍晚淡蓝的天色，已经被太阳光笼罩了一角，平静无波的海面，送来一阵清凉。我凝神遥睇，缥缈的苍海像一道明亮的波带横在天边。蓦然忆起，六七岁时见到的浙江舟山一带的海岸，与此相似。想到父辈时代离我们越来越遥远，但对有些事情的印象还是那样强烈，不免涌起些感伤。

突然西边岸上一团黑影映入眼帘，原来是一艘被切割拆解的大船。它像退潮后被搁置在沙滩上的贝壳，无助地袒露着残缺的肢体。船身部分被锁链高高吊起，像举起的手无奈告别过去，又像是在祭拜远方。左右岸有几堆青螺似的小岛，隐隐浮在苍茫暮色里，即将来临的黑夜，把海湾一带的风景晕染开来。

第二天一早，露水未晞，我赶到海边，细细打量、抚摸船身，感觉到手掌间摩擦的尖利。被大锤砸裂的甲板上，虾子红色的字迹显示着岁月留下的印痕，在晨光下依旧油亮。两只海鸟在这里落下倦飞的双翼。黄色带红釉色的水樟木船舵，从舱门一角露出，与清晨绚丽的天色相辉映。我躬下身，发现尖底船下贯通首尾的松木和连接主龙骨一端艄柱用的樟木，一起支撑船身，比沈从文先生笔下湘西的方头大船显得更坚实。

　　不一会，约好的酒店老板带着工人师傅赶来，按照我的心意，擦去船身上被海风卷起的沙子，只见船体心脏处蟹壳青色的木板锃亮如新。恍然觉得我的眼睛欺骗了自己，矗立眼前的，明明是一只即将扬帆起航的新舟，又像一只才出山谷的雏鹰、一位朝气蓬勃的英俊青年。只是因为错过时光，不能再重返大海。转念一想，一艘艘大船如白骨般陈列于黄沙古渡，标志着一个时期过去，一代生命逝去。过去若干代如此，今后也莫不如此。面对万顷碧波，祈愿侧畔而过的千帆和身后的山海，在海神庇佑下平安无恙。这是对心灵的慰藉，也是对海神的敬畏。想到这些，我心里平静了许多。

　　回家几天后，收到潭门寄来的包裹，我心里颤抖了一下，双手打开。几块布满钉孔和虫洞的老船木上，刻着沧桑眼、七星纹等神秘图案，像是历经大海侵蚀后的珍宝，让我不禁心生敬意。我想把它做成宝盒，再在上面写些文字，把曾经这段有意义的时光和经历收缩于方寸之中，再打开时会忆起在他乡的沧桑和感动，以免这段幽微的情感，随樯橹灰飞烟灭了。

2021 年 8 月，海南文昌

隐将坑的锣声

飞驰的列车，穿过布满浮云的盛夏，将我"搬运"到浙皖交界处黄山市三阳镇附近的大山里。站在高铁站台一望，就看到屏风般层叠的远山和荡漾在白墙黛瓦中的河水，仿佛欧洲中世纪的田园风光，难怪郁达夫、林语堂先生称此地为"东方小瑞士"。我不经意探出身子，与脚下深深的河谷对视，忽然感觉一股升腾的气浪，将我的心连同玩具一样的徽派站房，一并悬在半空。

"一个外国小伙，在这样的地方建民宿会是什么样子？"正在出神间，听到电梯口隐约传来一个声音。我转过身，发现列车和下车的乘客慢慢走远，站台寂静下来，天色也变暗，那颗悬着的心也渐渐恢复平静。我赶紧追上前边的乘客，乘两段斜长的扶梯下到谷底，才知道为了乘客的安全，这里出站扶梯有专人护送。想到刚才自己不急不慢的样子，我心里添了几分歉意。这些散落的乡村，被铁路聚拢在一起，变成现代交通网中的节点。

民宿所在的隐将坑村已有九百年历史，背靠清凉峰国家级自然保护区，是当年方腊藏兵存放锣鼓兵器的地方。迎风溯水而上，远远看到夏日深山中葱郁层岭里的烟霭，周遭一片寂静，好似魏晋名士归隐的山林，只听到莺鸟的鸣叫和潺潺的溪水。路上记起那年和朋友去伏羲道场搁船尖，雨雾中意外遇到正在指挥施工的美国小伙。他阳光热情，耐心地向我们介绍相关情况，让我们感觉心里暖暖的。

这位美国小伙在上海工作，幼年在波士顿的博物馆看到过安徽古宅，随即对中国文化产生了浓厚兴趣。一次，他和同伴结伴骑行，被徽州传统古村落吸引，有了自己建民宿的想法，历经周折终偿夙愿。想到一个远在异国的青年为了心中的梦心无旁骛地努力奋斗，我心里有些感动。于是心存敬意，再次来到他开办的民宿。

我在村口一座插着旌旗的石桥前下车。连续的降雨使山上下来的水把一个石缝冲成深潭，有些石头被带进潭里跟着水转，石头起初的棱角将潭壁磨了许多道儿，日子久了，石头棱角也被磨光了。我注视河水，几只鱼儿随一排马头墙的倒影摇晃在水面，四周陡峭的青山冷冷地沉在水底。我将手伸入水中，把水擦在脸上、身上，顿时感到一阵清爽。

穿过杂木林，跨过荆棘，在拐角处按砖墙上的标识指引往里走，就看到了古城墙的遗址。墙体依山而筑，蜿蜒如蛇，半掩半露，一段一段地嵌在房屋中。经过多年的风吹雨淋，墙体颜色暗淡了很多，却更好地体现了天人合一的理念。祠堂前的空地，可以用来祭祀和进行民俗表演。俗话说"锣鼓一响，脚板就痒"，这里的村民每年都会自发组织"抬汪公""接观音"巡游等祈福活动。家里有孩子考上名校，也会在这里敲锣打鼓庆祝一番。

半山腰庭院里，哔哔啵啵作响的，是新砍的山柴被放进灶下煮饭的声响。一堆堆去年的树枝，不加捆束自然紧凑地被摆放在灶门外。院内青烟袅袅，嫣红的火光闪红了农妇的脸和衣裳。农夫含着烟斗，慢慢从后山的田里回来，将锄头挂在屋角，坐在床边调弄那只如亲人般的小狗，还不忘用几个英语单词与孩子交流。走近看时，发现原来养在路边栏里的母猪不见了，宽敞的猪圈变成了亭子间，里面摆放着各式的山地车和五颜六色的头盔。

这样一路溜达，等到达民宿的时候，对面山顶的松树尖上已露出一层霞光，几十间客房和层叠的山峰裹在静静的暮色里。我们这些房客坐在围炉旁寒暄；大厨在一旁烧红薯、烤豆腐，制作山上掐来的鲜嫩山菜。没多久从下面传来一阵清脆的锣声，紧接着是欢呼声，那声音铿锵悦耳。旁边一段低矮的土墙，挡住了那个敲锣的人，却不能挡住胜利者的笑声。那开心的声浪回荡在山谷间，天空的云朵也像偷喝了屋顶的酒，红了脸冲我们微笑。民宿邻居、房客和十几位外国朋友一起聚到院子里，空荡的山谷被欢乐包围。这片天地，不仅是异乡人的居所，也好像是我的家园。

这些年来，走了许多地方，遇见了许多朋友，有些朋友甚至连名字也不记得了，但每每想到共同度过的时光，脸上就会不由浮起微笑，心里就会平添许多力量。

喧闹过后，我心满意足地睡着了。只记得接近黎明时，像是听到三两声杜鹃啼鸣。

2021 年 8 月，安徽徽州

石上桃花

傍晚的海风驱散了暑气，让人感到阵阵清凉。天边的霞光俯身将海岸染成金黄。岸边一块岩石上，一株手绘桃花贴梗而开，粉色的花瓣在细长的绿叶间翻卷，与汹涌的波涛对峙。我在夕阳中凝视良久，心想到海枯石烂时，桃花是否依然盛开？几个月前游乾陵时的场景不由浮现在眼前。

那是芳菲四月时，在浙江大学听完于赓哲老师关于女皇武则天的讲座，求知欲得到了满足。一个欲望满足了，第二个欲望就马上升起来了。索性直接买了票，坐上西行的列车直奔西安，去看看世上独一无二的皇陵。车窗外细雨霏霏，车子一程一程前行，渭河平原的绿色也一程一程浓润起来。乾陵位于西安西北方乾县北部的梁山上，离西安市区一个小时的车程。一路上，我在摇动的车厢里默想：乾陵、无字碑，这些虽未谋面，却仿佛已是故旧了，只需一想，全身的神经都会触动。往深处细想，仿佛眼眶就会湿润。

进山的时候，天已经完全变晴。郊原的空气，清新自然，一斛晴云和几道光线是用来安慰旅人的。梁山呈北高南低之势，远望像披着长发仰卧的少妇。高低起伏的山峦上开满桃花，个个仰脸微笑，朵朵迎风引蝶，连含苞未放的花骨朵都透着红色，仿佛要将整个世界点燃。司马道上，两侧松柏苍翠静穆，绿色的枝头鸟鸣声声。整齐的石像背后，偶尔出现的民居建筑和杂树，静静地躺在午后的阳光下，各种景致浑然一体。

道路最低处，有一对昂首挺胸的石刻翼马，两翼雕以云纹。高处有一对石狮昂首怒目，眼神如同埃及狮身人面像的斯芬克斯，有种慑人的庄严肃穆。我和石狮默默地对视了几分钟，脑海里想起媚娘与狮子骢的故事。一个长相清秀的女孩，直面皇权不甘心被左右的时候，不是靠道德修养，而是靠活下去的本能。

朱雀门外东侧，耸立着闻名于世的无字碑，碑体取材于一块完整的巨石，近百吨重的巨石生生陷入大地，碑额正中一条螭龙腾空飞舞，直指无垠的天空。站在碑前，轻轻抚摸那精细流畅的线条，冰冷光滑的感觉像是用水冲洗过。石碑上闪烁的光彩，映衬出头顶天空的广阔与深邃。当年的女皇铲除关陇贵族集团，破除门阀观念，完善科举制度……一件件彪炳日月的伟业，仿佛化为一幅幅图画呈现在眼前。

夕阳残照下，由武则天撰写的高宗《述圣纪碑》石刻满载相思，这个曾在武则天心中闪着光芒的人，让暮年的武则天缅怀不已。可叹这两个走散的灵魂，走过历史的幽暗，尽头便是这用铁水浇铸的石门。不知由这黑暗之门进入的隐蔽之处，是天堂还是地狱。想到这些，心里充满了万千哀叹。

田园阡陌上传来阵阵哄笑声，守陵人吴老太太靠着树干，为游人讲解武则天的养颜秘方。我不禁畅想，在另一个世界里，西王母曾命九天玄女下凡，以桃枝蘸墨泼于石头上，石上遂生桃花。

那些妩媚又恬静的花儿，带着甘露开在明月里，每一枝都尽情绽放。吴老太太看我出了神，问我在想什么，我笑而不答。

霏微的海边微凉，西天只剩一线红云，恍然发现，我已在海边伫立了许久，把历史回想了个遍。我慢慢走回来，找出讲义想重新整理，却没有了心思。于是将沉沉的头靠到枕上，睡着了。

2021 年 7 月，海南文昌

古寺梵音

夏夜，月光下的太阳禅寺，清净与肃穆的气息混杂，白天的游客早已散去，似乎将寺庙还给了僧人。我趴在青石栏杆上小憩，偶尔有汽车驶过碎石路面，发出沉闷的声音。一对情侣在榕树下私语。远处富春江水缓缓流淌，四角的山林若隐若现，耳畔风声清晰可辨，时间仿佛静止。

就在不久前的同学小聚时，听说浙江大学音乐系的老师躬身佛堂到桐庐的寺院"取经"，我颇为惊诧。毕竟僧俗殊途，对老师选择的好奇促使我前往寺院一探究竟。出发前，老师告诉我，桐庐的几个寺院中，圆通寺名气规模最大；太阳禅寺较小但质朴安静，住持是佛门中人。权衡之后我选择了后者。从桐庐火车站乘车沿江而上，沿途人家烟树相互偎依着紧黏在山石上。因为去往寺院的路上几乎没有平地，只能沿着两岸曲曲折折的小路行走在夕阳山翠之中。远远近近的山，明明暗暗的树，让我脑海里不时浮现出郁达夫笔下桐庐清丽与神奇的山水画面。

太阳禅寺始建于唐代，位于瑶琳镇月亮山下，与瑶琳仙境山水相连。清晨的古寺树木葱茏，绿荫匝地，院落层层深入，空气湿润得仿佛能拧出水，所有一切无不使人置身一种幽妙的意趣中。轻轻推开虚掩的禅门，略带黏稠的敲打木鱼声仿佛从另一个世界传来。居中的住持，四十岁上下，面庞格外清秀，眼睛里闪动着晶莹的光亮，他的声音松弛饱满，嗓音清亮，意韵十足。钟鼓伴奏下，众僧齐诵，开篇缓慢，随节奏渐渐加快，"南无阿弥陀佛"的声音，忽高忽低，忽近忽远，我被唱音包围，渐渐进入了冥想，然而浸淫俗世日久，终未能入境。哪怕在口罩遮挡下，也能感受到僧人们的神态自若和悠然。一直以为诵经单调乏味，今天感受到的却绝非如此。我自认从事播音工作十多年，对专业也有一定的了解，但听过此次诵经之后才发现自己的孤陋寡闻。

记得几年前到欧洲当地的一座教堂，正赶上做礼拜，当地的一个唱诗班在台上站得整整齐齐，机械的表情像被看不见的线扯动，加上尖顶里的回声，让我感到无比压抑。说也奇怪，我能忍受极强烈的杂音，却不能忍受一成不变的声音。在诵经余音里暗想，起初住持是如何将音色不同、嘈杂纷攘的声音分成不同声部，且使声口格律严谨，字音整齐划一的呢？众声汇聚一起，像是由一个巨人发出的，似乎那个声音并非来自喉咙，而是发力于脚跟，源自心灵，随着气息吞吐而生发。我甚至痴想，他若胸有冲天志，施展法力，定能雷霆万钧，震撼堂宇。

晨光鲜朗，细雨中落花缤纷，朱红大门像是把尘世划开。在和僧侣的交谈中得知，常净住持六岁出家，在上海和江西都留下了修行的痕迹，一路走来遵守佛家礼规，有一种经历坎坷而悲天悯人的温暖与超脱。在他的推动下，太阳禅寺在保留原有风貌的基础上，重修改建了大殿和禅房，规模也在慢慢扩大。

江滩处，几个青年招呼着要渡船，声音里有些羞怯。棉花似的浮云投射江心，由木材绑成的木筏，从山间顺流而下，"哼唷哼唷"地发出如歌的声音。忽然觉得，老师感兴趣的应该是那些历经磨砺依旧对生活充满希望的热情。此刻，我像是领悟到些什么，心中有着说不出的幸福，忍不住怀念起了那些同醉共乐的日子。

2021 年 7 月，浙江桐庐

回到周原

早饭时，听到雨落在不同物体上发出声响，有如青铜彼此撞击般悦耳动听，树下的花草缀满细密的雨滴，毕竟小满已过，西北开始雨水丰盈。离开扶风县城酒店，向前台打听周原，得到的回答是"一片庄稼地，没什么好看的"。我笑着道谢，转身走进雨中。

周原常指陕西扶风和岐山交界处的遗址，是周人灭商前的都城，现在被一片青翠的绿色包围。原野中麦穗谷粒饱满，苦菜鲜嫩可采。《诗经》记载，苦菜是中国人最早食用的野菜之一。宏伟的西周宫殿遗址坐落在召陈村外，在建设规模和复杂程度上，基本恢复了三千年前西周天子宫殿的原貌。明堂大殿建于高层夯土之上，是中国第一批高台建筑。圆顶木檐结构是一圈一圈的，意味着时光的流转。燔柴祭祀时，烟火袅袅上升，又渐渐消散，"祭如在，祭神如神在"，那一定是上天在享用吧。据说北京天坛也是参照这样的模式建造。我站在大殿前，看到刚刚被雨水冲洗过的银杏树在霞光中微微颤动。周人面向苍天祭祀强调的是道德，天意即民心，做好祭祀天帝祖先的礼仪，就能更好地治理国家。博物院内有模拟沟渠遗迹的沙盘，周人为改善自然环境，利用水利工程设计了四通八达的沟渠，将蓄水池里的水和自然河流里的水输送到各个聚居地，同时设计了中国封建社会的体制框架。

突然间地下展馆内人头攒动，村民模样的人群中，一个头顶梳着小辫儿的西北汉子步履匆匆，神色坚定，将几件带有铭文的青铜豆交到工作人员手中，工作人员小心翼翼地将其编号记录。彪悍的体格、谦逊的气质，以及在地下沉睡过的青铜器像是在提醒我，这里曾有一个强大的民族。与这个西北汉子闲聊得知，他姓马，是一位本土的企业家。其父从事水电工程，家境殷实，临终前曾错把珍贵之物托付给文物贩子。在事业蒸蒸日上时，他曾去非洲追逐野生动物，意识到人类的渺小。如今马总最关心的不再是公司，而是流失的文物。他像寻找失散亲人一样，一件件打听相关文物的下落，努力把遗失的文物找回来，经过公证后上交国家。

我凝视着脚下的土地，在黄褐色的光影里想象着原始空旷的草原，思绪回到三千年前的周原。群鹿在森林里追逐，水上白鹭飞起落下，周人生活的地方，曾是我们的精神故园。一个人若真正了解人类和自己民族的历史，内心就会有归属感。回到历史源头，或许可以找到许多被今人淡忘的传统文化。

我背起行囊，品味着历史的细枝末节，继续走在寻求的路上。

2021 年 6 月，陕西扶风

宝相佛光

在我看来，很少有比老任更会享受人生的人。一年工作两三个月，其余时间都在旅行。一天他问我，汶上发现一批石佛，要不要去看看。我不假思索地答应了，并马上出发。早上还下着雨，一路上天空忽暗忽明。宽阔的道路旁树影重重，暮春的花在雨中该开的全开了，空气里尽是泡桐、槐花甜腻的香气。

老任曾是石匠，宽厚的手掌握力十足。车子经过他的厂区，车间内机器轰鸣，如山的荒料板材挤在一起。现在工厂已经全交给老任儿子打理。

快到坡顶时雨停了，崎岖的山路旁散落着大大小小的土堆。石佛被扫墓的村民发现时，正掩埋在松林坍塌的山坡上，赶来的相关部门正在组织迁移工作。我跟在老任身后大步流星。只见土坑内有几座残破的佛像，歪七扭八地躺在造像残石下方，工人除去泥土，用力把它们拖拽出来，使之露出真容。近距离看，佛像的五官显得有些夸张，像是有着千呼万唤始出来的无奈。看着工人们小心翼翼的样子，老任忙上前搭把手。

老任出生在汶上，父亲曾参与1994年宝相寺佛塔的维修及佛牙舍利的发掘。他从小爱玩石头，经历过生活的诸多风波后，如今终于过上了好生活。整理过的山坡凹凸有致，草丛间几处岩壁透出淡淡的锈迹，像被双手抚摸而磨损的画卷边缘。记得我前些年来汶上采购锈石时住在山里，学到了不少类似"倒角磨边火烧光面"的术语。心情烦闷的时候走进寺院，摆放有序的山石，庄严肃穆的佛堂，深深地触动了我，也给了我很多安慰和精神支撑。

安放石佛的寺院正在修缮，工人为提前做好的佛龛擦去尘埃、安装护栏。银杏树新绿的片片叶影落在佛像上，为佛像添了几分色彩。被请回的石佛已不是出土时的模样，脸上似乎流露出一缕微笑。佛像本是艺术品，在不断地被尊敬与被爱中，增添了光彩。

老任注视佛像，略带惆怅。年轻时吃过苦，现在得以悠然从容，是再好不过的事。我们离开的时候已经雨过天晴，晚霞同淡紫色的泡桐花一样缥缈。天空中落日余晖斜映，犹如金色佛光洒在宝相寺和人们身上。街上行走的众人，驶过的车子，像一粒粒尘埃，消失在黄昏里。

2021年5月，山东汶上

流苏花开

听说孟府内有着三百年历史的流苏树开花了，想到初开的小花如云似雪清宜迷人的样子，决定动身前往欣赏美景。

清明过后，江南已是桃红柳绿，而孟子故里依然春寒料峭。穿过满载古意的小道寻香望去，赐书楼前高大的流苏树在天空中撑开轮廓，毫无保留地尽情绽放，雪白的树冠像天然垂下的帷帐。流苏花细长如丝，简单交叉的四瓣向上，每一朵都呈轻扬上托的十字形。白白的花朵与天上的云融为一体，如梦如幻。微风吹过，枝头花朵纷纷摇动，仿佛朵朵都要探出身来。或许因为它的美丽，古人把女性发簪上装饰的珠穗也称作流苏。

孟府内游客没有想象的多。落在地上的花瓣被人装入布袋，还有新人在拍婚纱照。品一杯花茶，柔和馥郁的味道缠绕舌尖久久不散。周围的院落空空荡荡，在傍晚的天空下静静地躺着，呈淡淡的灰色。鸟儿在暮色中徘徊，发出归家的鸣叫。站在楼上望去，庭院上空，朵朵流苏如织似锦，交织在片片新绿中，真是难得一见的美景。忽然间一位手拿画笔的女孩吸引了我的目光。只见她皮肤白皙，鼻梁坚挺，前额一绺卷发使原本椭圆的脸型变尖了。女孩飘飘的衣带与画板上奔放流动的线条浑然一体。随着女孩笔尖的移动，画中浓密的花枝以独特的气势劈开天空，每一笔都带着虔敬和用心。

询问得知，女孩来自青海的鲜卑族。她爷爷曾是这里的煤矿工人，秉性刚毅。一次偶然的机会，爷爷被孟府这棵摇曳生姿的流苏触动，退休后几乎年年来这里，她还记得小时候在孟府门口滑过滑梯。听爷爷说，当年鲜卑的首领倾慕汉文化，喜爱汉人的步摇，日日都要佩戴，而鲜卑语中慕容与步摇发音相近，慕容也成了后来部落的名字。如今爷爷走不动了，躺在病床上，念念不忘的还是这棵流苏树。她决定用自己所学，将这棵流苏画下来带给爷爷。

暮色中，古老的庭院里浮动着绿意。光影下，女孩的一串绛红色水晶珠手链穿过飘动的长发，闪烁着光亮。让我想起金庸先生笔下，那个高昌古国身骑白马的姑娘，穿越大漠回归中原的故事。一棵树把历史与现实结合了起来。我们念念不忘记忆中那些合抱的垂柳、古槐，更多是对于故乡的依恋，我们内心真正渴望拥有的，是流淌在血液里的共同守护民族文化的信念。

光影穿过树梢，只见女孩的画中，开满花朵的古树上伸出细细的枝干垂向地面，那摇曳的姿态，看起来那么渴求泥土的滋养。我不由得用手轻轻触摸，仿佛感受到了它的生长。

2021 年 4 月，山东邹城

香起扬州

　　三月的扬州，烟雨朦胧，雨线像春天的绒毛，将这座襟江带湖的城市装扮得生机盎然。漫步其中，感受当年不曾留意的风景，别有一番韵味。

　　春风潋荡，瘦西湖湖面微光粼粼，湖边花草清香馥郁。夹岸梅花，落英缤纷，点点铺陈水中，顺流而下，绕过拱桥，忽然不见影踪。洁白如玉的琼花，芽苞初满，清秀淡雅。山寺绿林中不时传来鹧鸪啼叫，不知不觉春已过半。山无水不秀，城市也一样，因为水而增添了灵气。

　　通幽的细径旁，一辆自行车载着中年男人的声音由远及近，"花好香嗒！"我心头一颤，那"香"字说得特别巧，像是一道弧线划开了时空，花香不香已不重要，多年前的记忆瞬间被这声音激活了，那是我与扬州曾经最深的接触。想到这里，心里突然涌起一丝难过，又有些冲动，翻出手机通讯录里那个沉睡多年的电话拨过去，空号！找到备注的地址，奔黄金坝而去。车窗外成排的树木倒向身后，回忆从四面八方涌来。

　　通讯录中的老沈是一名钣金工，家住黄金坝附近。十多年前想创业的我开始招兵买马，经朋友介绍来过老沈家。黄金坝曾是

十分繁华的鱼市，有着古朴的建筑、青青的石板路，沿湖村民往
来不绝。现在这里鱼市的功能早已消退，只用来存蓄河水。车子
在巷口停稳，一棵粗大的丁香树闲闲地撑着一片天，望过去只
见树不见屋。听到院内孩子玩耍的声音，我大声问："是沈工家
吗？"一个小伙循声而来，两眼有神，一块干布搭在腕上，显得
干净利落。得知我的来意后，他略带错愕，赶忙将我让进屋，低
头擦着尘灰喃喃道："感谢先生记挂，父亲春节前过世了。"我心
头一紧，嘴唇动了一下，却不知说什么好，下意识地往桌上找寻，
似乎这屋子的旧主还在。不想这一刹那竟是伤感与回忆同来，感
觉好像用心捧着的一壶老酒忽然被摔得粉碎。

　　和老沈的第一次见面，也是在这间屋里。他问我："凭什么相
信你？"我灵机一动，走到桌案的观音像前，说以燃香为证，老
沈看着笔直上升的香烟露出笑容。我清楚记得，当时走出老沈家
门时，路灯下含苞待放的丁香花光影浮动。生活中有许多或淡雅
或醇厚的味道，要经过时光的流逝才能品味出。我起身注视窗外，
淡灰色的砖墙上挂着几串鱼干，干瘪暗黄的模样像极了风干的
岁月。

　　记得从那以后的每个年后，老沈都会带些鱼干送我，用一根
长长的红线勾连起鱼干，像是串起对家人的挂念，这也让我心怀
歉疚。有空我也喜欢和他一起吃饭聊天，他烧得一手好菜，爱唱
清曲，会讲扬州故事。看似自娱自乐，不如说是在寻求一种自由
随心的生活。他常对我说，年轻人要静下心来才能做事。那时的
我在俗世生活中每日忙忙碌碌，每次热闹散尽，孤独席卷而来，
老沈的话都会让我陷入片刻沉思，反思自己的心灵。

厚重的桌面上，一束插花像孩子散开的小辫般稚气可掬。孩子蹦跳着远去，空留一架秋千还在晃荡，巷子里传来民歌《茉莉花》的曲调，薄雾被太阳蒸融。往事仿佛转瞬即逝，可能我再也不会像曾经那样走进别人的生活，也许这才是真正让我感到难过的地方。

我告别了老沈的儿子，走出院子，穿越巷道，来到那棵丁香树旁，眼前过往的车辆匆匆行驶在崭新的春天。清风徐来，光芒朗照，我嗅到了四处洋溢的花香，那也是生命的香味。

2021 年 3 月，江苏扬州

椰乡趣事

我羡慕那些椰树的主人。清晨绵延无际的海岸线上，苍翠的椰林被浅浅的阳光装扮，笔直挺立的树干向上伸展，它的气息似乎只有天空最熟悉。椰果从高高的枝头"脱颖而出"。有风的天气，椰树身影婆娑，似嫩而苍；有雨的日子，椰果似如云秀发下湿滑的珍珠耳坠。拥有椰树，不禁拥有了美妙的心情。

老胡身体硬朗，家有两百多棵椰树，是镇上种椰树最多的人，外号"胡一刀"。我打听着走进他家的椰林，只见各种椰树参差错落，自然成林，林下路随树转，曲折盘旋，一股椰子的幽香浮动而来。老胡取青椰一枚，沿腹部平砍一刀，再左右45度角各砍一刀，听到"噗"的声音，这时雪白的椰肉下纯纯的椰汁，从椰壳V字形凹槽中汩汩溢出。我开始不敢动手，想起电影《荒岛求生》中的男主绝望时用冰刀砍椰子止渴的镜头，决定试试。老胡扶着椰子对我说，当年宋氏姐妹的祖父以卖椰子为生，后来宋家成了中国近代最显赫的家族。老胡说自己在外时，最想念的就是家乡的椰子饭。

他指着空亭外的两棵树说，20世纪80年代，这里曾经悬挂银幕放露天电影。一开演，村内便漆黑一片，男女老少都被吸引到银幕下，来看电影的往往会喝椰汁。村里便会准备一大堆椰子，他负责砍。散场的时候人们一边议论电影，一边评价他的刀法。椰树像通人性似的，人多的地方，长得格外旺盛，渐渐形成气候。

听说老胡的儿子阿浩采椰技术不错。看着高高的椰树，我还真想见识一下，还没等开口，小伙子先发话了："带你去看看吧。"我们来到一处低矮的院落旁，只见树影上方一大片叶子交错相生，彼此搭接，构成一个拱形的穹顶，密不透风。阿浩套上脚蹬，手提长绳，飞一般起步，脚底、腋下仿佛都生出风来。偶尔脚蹬在树皮上打滑，发出短促的摩擦声，引来孩子们的惊呼。那身姿似有一双隐形的翅膀，若隐若现地悬在半空，在登高俯仰之间，观者的心弦也为之七上八下。不一会儿阿浩便被叶子环绕，几乎看不到人影。

忽然锯片折射的寒光，在空中划出弧线。被钩子钩住的枝干，似断实连，似有若无，发出轻微的咯吱声。树下的孩子们放下手中的游戏，好奇地抬头，蓦然间一团黄绿色的球笼状的物体，

"嗖"的一声从天而降。天地似乎一瞬间静下来，孩子们瞪大眼睛，然后又齐齐爆发出欢呼声。我不自觉地被气氛吸引，拿起像套马杆一样的竿子钩住远处绳子，但帮了倒忙，几个熟了的椰子掉落在了地上。调皮的孩子们把散落的椰子藏起来，一阵风似的跑开。阿浩在高处装作没看见，只是抿嘴笑，下来后也不找，捡起草丛间孩子落下的纸飞机投向空中，眼神中充满喜悦和希望，辛苦疲惫也被快乐掩盖。

交谈中得知，阿浩刚开始恐高，上去抱着树不敢睁眼。稍微熟练后，他又想一步登天。碰到老树树干硬滑，脚蹬卡不进，身体重量就全部压在脚后跟。控制不好就会滑下来，磨破鞋子。有一次他爬得轻松，看着挂满枝头的椰子只顾高兴，不承想被马蜂蜇到后背，医生说如果发烧就没救了。他趴在病床上，泪流不止。挺过来的他，一个人在椰林里观察马蜂习性，发现马蜂在发洪水等恶劣天气时会待在树顶。阿浩意识到，只有尊重自然规律和动物习性，才会不受它们的伤害。前人栽树，后人乘凉，每次摘完椰子，他都会留几个在路旁。大自然都不为己而生，我们也不能只为自己而活。

傍晚的阳光从高大的树头金粉似的洒了下来，人变成一个小点。我吸一口椰汁，感觉甘甜清凉，满口余香。回望被汗水浸透的阿浩远去的身影，不禁想到，采摘椰子果虽然单调，可是因为付出，成了椰林最美的画面。

2021 年 2 月，海南文昌

百年"故乡"

鲁迅先生的《故乡》，出自其短篇小说集《呐喊》，写于1921年1月。作为鲁迅先生的崇拜者，决定在《故乡》创作百年之际重游绍兴，算是一个读者的致敬和礼赞。

寒冬腊月，江南依旧被冷空气入侵。虽然太阳也露了面，但天气的寒冷和潜在的病毒风险仍交织在一起。粉墙黛瓦，朱家台门的庭院，挤满晃晃悠悠乌篷船的码头，一条从鲁迅故居前流过的雾气升腾的小河，都是记忆中的场景。戏台上，凄美的故事伴着悠长的曲调，氤氲在弯弯的河水里随风飘去，一切在梦里相遇了无数次的风景此刻一一出现在眼前……"故乡"，我来了。

瓦楞上的几只灯笼，当风抖着，似在躲避寒冷的风。三三两两农民模样的人挑着竹篓，里面装满了干菜和腐乳，戴着毡帽的他们缩着脖子，面无表情地吆喝着。经过咸亨酒店，几人笑吟吟地打量着我，问我要不要进去，那姿态和表情带着岁月的沉淀。我认真地回答了此行目的。其中的一名"乌毡帽"得知我的来意后，将我领到一家餐馆。我要找的书店，是餐馆老板的同学开的。因位置偏，要等老板回来带我去。

我索性端起一杯茶放到嘴边，透过缥缈的水汽望向窗外。十年前一个晴朗的冬日，我们一家三口来这里过年，那时女儿正读初中。依稀记得石板小巷又深又窄，石板间隔清晰如界。青灰色的墙壁阻隔了视线，牢牢掌握着距离感。隐约记得有许多空宅和紧闭的阁楼，像神秘莫测的闭塞的心灵。

用过晚饭，一个学生模样的年轻人走进来，身姿挺拔，唇红齿白，他是负责接我去书店的。通过谈话得知他是本地人。他的祖上做船运生意，原本家底丰厚，后因战乱导致家境破败。他将自己比作一只小船，坚信只有慢下性子选准航道，踏踏实实地做事就能重振家业。由于现在是淡季，他在帮开书店的同学搞设计。

七八条小河汇聚处，一间石坊门楣的两层商铺立于桥上，空中雪花飘落，白色卷帘门的额匾上镶嵌着"鲁迅手稿影印版"的字样格外醒目，屋内许多卷鲁迅文集和文创产品摆满货架。一个中等个头、四方脸的小伙子向我们微笑示意。他们两人见面后开始商量直播间装修方案，还不忘打打闹闹。那种彼此的信任感力量十足，仿佛多冷的世界都挡不住他们如火的激情。这让我想起自己创业时的感觉，很是羡慕他们，虽然他们不见得能体会。时间让我明白，有些体会和感受只有失去，才知道曾经拥有过。

在一堆书籍中，终于发现要找的《故乡》手稿影印版。我捧在手里，轻轻翻开。先生熟悉的字迹清峻凝重，充满了刚气。他的笔揭示了中国百年的封建痼疾，入木三分地鞭挞丑陋的灵魂，像刀剑一样在黑暗中闪烁着光芒，让封建统治者生畏。鲁迅的冷是冷静、克制的，他为了民族发出一针见血式的呐喊，他更像是一个伟大的启蒙家和教育家，让我们懂得：认识我是谁，远比认识敌人是谁重要。

　　天色渐晚，寒意愈深，沿河两岸的红灯笼亮了起来，像垂下的一只只红碗，将窄窄的青石小路映得光洁明亮，听着潺潺的水声，我的精神也为之一振。如先生所言，"这世间本无路，走的人多了，也便成了路"。我也期待自己能归返生命故园。

2021 年 1 月，浙江绍兴

远去的徽州

　　午后歙县徽州古城内，江风拂过脸颊，橘色的太阳正滑向山后。许国石坊八根石柱像大力士，将徽州精神扛在头顶，也显示着徽州人过往的辉煌。

　　石坊有两层楼高，宽厚的柱础连接大地。石柱上守门的狮子有的威武健硕，有的顽皮可爱。匾额上方醒目的刻字，代表了那个时代的思想。石坊内部像个天井，规整的条框似将天空分割。

　　离我不远处的老许讲起许国的故事时声音有些颤抖，仿佛身世感涌上心头。老许是我同在浙大听课的同学，出生在金华，早年来歙县投资，据说祖上出自徽州。他眼光敏锐，经商场历练后更加稳重成熟。

　　八角牌坊代表了许氏宗族的骄傲，记录着徽州人锲而不舍的读书之路，对于那个青衣换紫袍、权倾朝野的人来说，建造的石坊真的可以成为心灵的安顿处吗？我端详着石坊高大的身影，感觉被一种深沉的平静所包围。

徽州古称新安，山灵水秀，文风昌盛。古城位于万山之中，依江而建。自唐代开始，一直是徽郡州府治所在地。山隔水围的土地，相对独立的空间，形成了徽州独特的文化。厚厚的城墙外，练江穿山越岭蜿蜒而来。如此江山，自然孕育了独特的人文风物。下游五百米远的渔梁坝被称为徽商之源，坝身全部由花岗岩堆砌而成，上下层之间用坚石墩插入，像穿了石锁一样相互连接。先人们从这里启航，往来间串联起家族的兴衰。近代，从这里走出了胡适、陶行知、胡雪岩等知名人士。

暮色中，江面或浪花飞溅，或平川缓流，老人们围坐在江边，见证着古镇的吵闹与沉寂。老街口几个在做抖音直播的青年，让我想起自己做现场报道时的情景，区别在于当年除了面对镜头，还有围得水泄不通的观众，不由得让我感叹电视的威力。只不过现在的观众由现场换到了屏幕后，我突然有种游走在边缘的感觉。深刻的过往，总会让人时不时怀念。

翌日清晨，在散发着薄雾的江面中溯江而上，山光水影像一张油墨未干的油画，透着宁静梦幻的气息。我和老许穿过三阳镇和金川乡交界处的山核桃林，抵达皖南山区深处被称为徽州母亲山的白际山搁船尖景区。沿台阶攀登，巨石凿开的洞口传来云雀求食的鸣叫。绕过山岗，秋意漫过头顶，原野上飘过一股淡淡的焦味。举目而望，峰峦起伏，其中一座山峰像水牛的头，稍偏向左方恭顺地低下，仿佛一有召唤便会飞奔而去。蹄子四周，粉墙黛瓦的村落清晰可见。

正走着，老许突然停住，望着远方好像陷入了沉思。我顺着他的眼神望去，只见山间裂开的平野中，天然的涌泉水势丰沛，断崖处飞瀑高悬，倾泻而下，水声如鸣珮环。四溅的水花，汇成溪流蜿蜒前行。这里应该是江水的上游。向前十几步，见一小石潭水尤为清冽，潭边泥泞的水坑里有沉淀的蹄印，岩石肌理细致润泽，布满苔藓。潭内卷石铺底，如嵌满钻石的翡翠，让大山里的湛蓝更加深了一点。我们坐下来，手捧潭水聊起童年趣事。有些地方的自然景观色彩明艳，但回味却不够；徽州的原野彩叶斑斓，有着无穷的秋意。

山谷低洼处沟谷纵横，疏林之中芳草离离。老许在前面边清除挡路的树干边介绍说："几年前浙江同乡出资，对这里的自然生态进行了简单修护，保持了古老山林原始的味道。"我踩着沙石路面回应道："简单有简单的好。"路旁黄色的卤地菊在荒草中睁开眼睛，欣喜地看着我们，流露出典雅的逸韵。今年南方天气反常，本在七八月开的花儿在秋天二次开放，鲜艳的花瓣似乎有清热消炎的功效。山顶人迹罕至的地方有一间草房，但空无一人，任凭流水落花。据说早期迁来的中原移民，发现了草药的作用，就地取材开创新安医学，流传至今。在徽文化中，持各种方言和不同性格的人和谐相处，都有着对美好未来的期待。

暮色中我思索着徽州精神一路形成的漫长历程，从自然秩序到社会秩序，再到伦理儒教，地理环境也与人文发展相辅相成。人在与自然相处中，产生了想象力和创造力，进而改变了世界。意兴阑珊中，我们很快下到山脚，越过新安江返程。身后的风景连同那段历史，慢慢隐匿在向晚的幽暗中，什么都看不见了，只有精神永存。

2020 年 10 月，安徽歙县

凤凰永生

　　秋日的午后，天高日迥，我乘坐的大巴穿行在湘西高原崎岖的山路上。沿途万山重叠，河流纵横，茂盛的树木枝叶苍翠，清风徐来，山鸣谷应，天地明净，大自然的气息油然而生。车子跟随氤氲的云气缓缓驶入谷地，四周群峰插天，这便是凤凰古城。我忽然感受到了人的渺小。

　　城内溪水环绕，一座座屹然兀立的古建筑随山势蔓延各处。清幽的风夹杂着浓郁的历史气韵，穿入人心。广告牌前站着接我的客栈老板翠翠，她三十岁出头，腰粗齿白，头包花帕，执着的眼神透着苗乡妇人特有的温柔。独自在外，我养成了凭直觉识人的习惯，通常在与陌生人见面的一刹那确认对方性格。她一把接过我的背包挎在身后，骑摩托车的动作如男子般豪气。没等我坐稳，橡胶轮胎已经在石板上跳动，"猎马带禽归"式的阵势让我无心思考只是兴奋。好像一个行者，本来心神只顾在山水间，忽然遇到意料不到的事情，便增添了生机。我在身后大声说："翠翠成骑手啦！"她听了笑出声，但不答话。

山寨的吊脚楼上的袅袅炊烟，飘来浓浓的苗乡风情。我推开虚掩的大门，迎面是粉墙黛瓦、竹石堆砌。一棵造型舒展的罗汉松立于中央，像是将所有浮华都踩于脚下。前台桌子上一把撑开的雨伞挡着半碗米饭，雪白的米粒从堆满辣椒的碗边露出头来，一双银色的筷子散落在旁边，勾勒出民宿业主忙碌的生活。讲解路线、推荐美食时，翠翠不厌其烦；但当问及关于文化方面的问题，她不经意流露出对繁复礼教漫不经心的轻视，我似乎明白了什么。

古城夜色灯火阑珊，大街小巷上的游人络绎不绝。银器店、皮靴店、伞店、红绿灯色的酒吧鳞次栉比，陌生人的脚步匆匆而过，灯光下仿佛有无数欲念在闪烁。我走进人群，想买几个糍粑定定神。摊主是位长者，饱经风霜的脸上写满了故事。来到一个陌生的地方，建筑和景观总让人感觉生硬，美食却容易走进心里。

一家店铺的墙上挂满了各种形状的牛角，其中一只白色牛角剔透玲珑，在市面上很少见到。拿在手里仔细观赏，心里生出了怜惜。我坐下来要了杯茶，从窗口窥探古城一角。漆黑的街道旁，一辆辆木板车蜷缩在屋前，手柄上好像还残存着劳作者的余温，窗外还挂着没来得及收的衣服，让我联想到一家人闲坐灯下平淡生活的画面。突然感到一身倦意。

第二天，清晨的雨敲打着玻璃窗把我叫醒，门外小溪的清波让杂乱的思绪也顺畅起来。沿水车碾房走不多远，便是沈从文故居了，门口书摊上摆着先生的著作和胭脂盒。书房内几块木板拼成的书架靠在墙边，我用手摸了一下，陈旧的感觉像是触碰到了那段岁月。沈先生小时候明慧顽皮但爱逃学。学校在北门，他先出西门又进南门，在河滩看杀牛，在边街看打铁，逛针铺、伞铺、剃头铺，再绕道城里大街转一圈。我仿佛看到他在雨水泡软的田埂上跑了一天后裤子沾满泥巴，提心吊胆地叩响家门时的表情。不是每个游荡的人都迷了路，或许他是在追逐一个外人无法想象的梦。我迷失在先生当年的足迹里。

北门城楼气派十足，高大的城墙上，两棵杉树有着深绿逼人的颜色。城门内侧几座旧院落正在改造，工人对破损的围墙进行了拆除。读书时的沈先生觉得学校的知识太过死板，那些模式化的题目早被他猜到了答案，于是他不再满足于眼前，义无反顾地走出大山。晚年的沈先生说话直接，态度诚恳，仍留有湘西人的淳朴。

沈先生笔下的湘西是他心中最纯净的世界，是同乡熊希龄先生的大爱天国，他们觉得这里有着最美的人性。这份美不是凝固不变的，不同时代的人们不断丰富它的内涵。沈先生心间无阻，一路挥墨，引人觉醒；熊先生心存善意，救人无数。

蜿蜒的石板路上，镶嵌着满地青苔，像是在诉说曾经的那些善良和美，那是我们的本真。我俯下身子，捡起一片树叶，就像捡起失落的内心。

落日的渡口满目金黄，秋风吹起炉烟。山峦连绵起伏，其中巍峨的一座与天际相接，云雾缭绕其中。风带着过往，在山间飘荡。我背起行囊，走出山门，深情回望，浓密的橘子树下，人们的身影渐渐模糊，但头上簇拥的一团银饰光洁明亮。

2020 年 8 月，湖南湘西

追光之旅

　　有人说看见极光的人，将会收获一辈子的幸福；也有人说看见极光时，许下的心愿都会实现。虽然知道这些都是美好的愿望，但夜色里绚烂多彩的光晕，炫目离奇，令人神往。为了见证神奇，我独自登上飞往阿拉斯加的航班，开启了一段难忘的追光之旅。

　　极光，是太阳带电粒子流进入地球磁场后发出的光辉，一般出现在南北两极的高纬地区。阿拉斯加的费尔班克斯市地处北纬64度51分，离北极圈不到两个纬度，是美国观看极光最佳的地方，被称为"极光之都"。我计划经西雅图转机，先到安克雷奇，再乘火车抵达。线路制订好了却有几分担心，担心天气和自己的运气。可是"人类为什么要仰望星空？""为什么会用稍纵即逝的极光代表愿望？"这些有趣的问题等着我去解答。倘若始终持有好奇和勇气，心灵就不会凋零。

　　在飞机上，我拿出杰克·伦敦的《荒野的呼唤》仔细阅读，被书中一只狗颠沛流离的经历所感动。作者讲述的是在美国淘金热的席卷下，一只养尊处优的狗经历生死磨难，从西雅图流落到阿拉斯加成为雪橇犬，最终听从内心召唤，混迹狼群成为头狼的故事。作者借狗喻人：有时候说服自己前行的，不是外在的环境条件，而是内心的呼唤。我不禁为自己的决定感到高兴。

　　飞机降落在安克雷奇国际机场，滑行中已经感受到了极寒之地的气息。机场内一个老旧的指示牌上用汉语醒目地写着：勤洗手是防止传染的唯一最有效办法。隔着窗户看到不远处一座乳白色的略带灰色的航站楼。

　　去酒店的路上，漫天飞雪让一切变成雪白，大地麻木地被冻僵在冰雪之下。阿拉斯加的冬天是那样的纯净圣洁。在这个陌生的地方，人生也像是被大雪覆盖，没有人知道你的过往，可以静心审视自己，找回真我。

　　阿拉斯加州被称作是美国最后一片净土，遗世独立于北美大陆的西北端。安克雷奇是这个州最大的城市，居住了五百多名华人，他们大多从事与石油、旅游相关的工作。十点多钟升起的太阳将白雪照得格外耀眼，高低错落的房屋、白桦树、雪松的枝丫，都被冰淇淋般的白雪覆盖。在世俗的烟火外，这里有难得的宁静。最适合看极光的城市，还是北面的费尔班克斯。

　　大雪冰封的冬季，开往费尔班克斯的列车每周只有一班。我幸运地赶上了。以往的旅行我更偏重人文古迹，忽视了大自然的美。最近《中国国家地理》杂志执行总编单之蔷的关于冰川的课程令我着迷，这次我总算可以亲身体验一把冰川之美了。马塔努斯卡冰川距安克雷奇市区两百多公里，是一座山谷冰川。整个冰原所在的雪域高原山脉绵延，途中云雾弥漫，景色壮观。巨大的冰层如水晶般横亘在入口处，好似汹涌的潮水骤然被一种神奇的力量凝固，将几万年的喧闹一起冰封。

　　在专业导游的引领下，我们进入腹地，脚上戴的冰爪抓得特别有力，在雪地上发出"咯吱咯吱"的声音。尽管脚上套着两双棉袜子，身上穿戴了所有带去的衣帽，走在积雪里还是能感觉到冻僵的脚趾和冰冷的风雪。透过厚厚的雪下，可以看到蓝色半透明的冰层，颜色由浅蓝到海蓝再到湛蓝。可能是口渴的缘故，我忍不住拿起一块寒冰塞进嘴里，寒气瞬间在唇齿间回荡，让我心跳加速。

翌日晨光熹微，薄雾笼罩，蓝黄相间的"极光列车"在几声汽笛声中缓缓驶出安克雷奇车站，一路北上，将于十二小时后抵达750公里外的城市费尔班克斯。这趟列车是迪士尼动画片《极地特快》中的列车原型，速度自然无法与国内的高铁比较，但能在行进间饱览沿途风光，再合适不过了。

车厢内的乘客熙熙攘攘，有结伴出行的学生，带着爱犬串门的主妇，还有往来各地的商人，更多的是想去洗涤心灵的游客。每人的车票上印有固定的座号，但为了观景，大家可以随便选坐。一位身穿制服的白胡子老人，在每位乘客的车票上验票打孔，每次都熟练地打出标准的北斗七星，这也是阿拉斯加州州旗的图案形状。这是20世纪70年代由一位十几岁的儿童设计的，至今未改动。我小心翼翼地将这张有纪念意义的车票夹进书里，眼睛望向窗外，想起了电影《囧妈》里的情景，脸上不由得露出微笑。

德纳里山脉腹地白雪皑皑的高原上，一列通往北国的列车行驶在旷野中。窗外的景色熟悉而陌生：一望无际的雪山，突然出现的小镇，以及孤独行驶的卡车。这些在不经意间被看到的风景，才是真的美。我从左边小窗看到右边小窗，从车头来到车尾，与正在用餐的中国台湾同胞不期而遇，我们很快无话不谈。管他窗外飞雪，车内却是其乐融融。相信在人生路上，总有能聊在一起的人，总有值得期待的风景。

车窗外的德纳里国家公园远处是连绵的雪山，几条河流完全结冰，大雪让每棵树枝都变得臃肿，几只驯鹿和麋鹿在白色的深可没膝的雪地里顽强地前行。当隐约看到北美最高峰德纳里雪山峰顶时，车厢内一片欢腾。我却清楚地看到，靠近列车十米远长满亚寒带针叶林的雪地里，有个猎人模样的人。他浑身裹着兽皮，踩着没过小腿的积雪，在白茫茫的大地上渐渐远去，好像电影《最后的猎人》中那位勇敢的猎手。

火车在转弯处不时发出"咔嚓咔嚓"的声响，不停地晃荡，车厢中的人也随着列车摇晃。记得米兰·昆德拉曾将火车比喻成前进的载体。对于我的人生来说，精神生活的改变比外在生活的变动更为剧烈。我不是一个勇敢的人，只是不想马马虎虎过一生。其实人生就是一部永不回头的列车，没有人能陪你到终点。谁也不知道接下来会发生什么，有许多事情值得期待。

下榻的费尔班克斯是北美最北端的城市，百年前因淘金业的兴起而建，现在因极光而发展。在北方极地博物馆平台俯瞰下去，这座城市像一张上帝用冰雪做成的明信片，贴在被山峦围绕的平原上，笼罩着淡淡的光辉。市区内，小木屋与高大的现代化写字楼并存，都顶着一层厚厚的白雪。石油燃烧后经过净化形成的白色水汽，从烟囱中滚滚冒出，不断飞向天空，如大漠孤烟，但不苍凉，给人以温暖的希望，我的心也被融化了。

我们计划早上出发，赶往两百公里外的北极圈打卡，在夜晚返回的路上等待极光。那里有最适合的观赏纬度，没有城市光源的污染，单程大约需要七八个小时。因为沿途只有一个育空河营地可以休息，出发前每人去超市自行准备了食物。五美元装满整个袋子的八块炸鸡，让我享受到了阿拉斯加免税的福利。

车子驶进了加油站，原以为盛产石油的地方油价会便宜，没承想这里的汽油一加仑5.499美元，是全美油价最高的地方。原来阿拉斯加境内不允许炼油，北冰洋普拉德霍湾出产的石油，经过数千公里的输油管道到达南端，经邮轮运到西雅图提炼再运回这里，往返的距离加大了成本。州政府为此成立了石油基金会，对常年居住在这里的人们每年给予不少于2000美元的政府补贴。在原油价格最高的2018年，每人的分红收益达到3600美元，以此吸引更多人来这里。

道尔顿公路是连接费尔班克斯与北极圈唯一的道路，它穿越北极圈，一路延伸到北冰洋，抵达地球尽头，像一条白色带子镶嵌在一望无际的茫茫原野上，被称为"世界最危险公路之一"。手机已经没有了信号，也看不到其他建筑，路旁只有白桦树和雪松挺立。开阔的视野让天地无限宽广。中午时分，台湾的朋友们开始用餐，他们一起分工准备，秩序井然，不禁让我心生暖意。他们也是因偶然的相遇临时聚在一起的，情感却可以真挚融洽，是什么样的心境才能做到？

天空变得更加阴沉，车子行驶在沙石路面上时有颠簸，但也增加了摩擦力，司机在明亮车灯的指引下稳步前进。雪雾中，一辆辆运送物资的大货车扬起雪尘从身边轰然而过。雪花冲起，遮天蔽日，让我想起苏联电影中经典的镜头。在车子的摇晃中，几分倦意袭来。

　　到了目的地，大家在育空河营地休整。我走出人群，独自来到育空河桥上。眼前的这条大河已被厚厚的白雪覆盖，无论是曾经波涛翻滚的地方，还是缓缓流淌的部分，仿佛都随冰冻的那刻静止了时间，像澎湃的内心恢复了平静。育空河被杰克·伦敦称作"母亲河"，她孕育了独特的北美文明，19世纪初，这里成为淘金者的乐园，曾喧嚣一时。我轻轻地下到河面，俯身扒开一小堆雪，雪下露出洁白无瑕的冰面。冰封的河面下微微泛起绿光，仿佛有无数浪花在跳跃。这一刻我像是懂得了大河的气韵，感受到了自然蕴藏着的巨大力量。

　　突然远处传来一声呼喊，从对岸山林中走来一位因纽特猎人。他衣服脏脏的，眼神却很干净，叮嘱我河面还在移动，不要待太久，返回的时候要沿着原来的脚印，不要给大自然留下更多的痕迹。这是对人类的提醒，也是对自然的保护。十几年前，我曾独自去了新疆阿勒泰地区。在缓缓流淌的额尔齐斯河河边遇到一位牧民，他也这样告诫我。回想起来，当年中国那条唯一自东向西流入北冰洋的河流和偶遇的那个了解不深却依然惦念的人，唤醒了我心中追求本真的种子。

　　极寒天气最易失温的是双脚，钻进腿脚间的凉气让我打了个寒战。此时，才发觉时间久了脸露在外面的部分变得僵硬，鼻毛被冻成冰尖，喘口气，喉咙会有刺痛感，眼角挂下了冰凌。手指一不小心碰到金属挂件，有种被烈火灼伤的痛感。在零下40摄氏度的环境里，感到周围的时空被凝固，耳朵却如同装了过滤器，汽车发动机的声音像是来自另外一个世界。

　　我们在北极之门国家公园领到了纪念证书，令我惊讶的是，证书的尺寸、大小、图案、颜色都与在非洲赤道领的那张相同。返回育空河基地已是夜晚，大家吃过饭稍作休整。大雪一直在下，厚厚的云层没有透出一丝光亮。有了今天的体验，极光不肯露面也不觉得失望。

营地小屋内，明亮的灯光下，一位小姑娘正在给爸爸写明信片，专注的眼神，娟秀的字体，让同行人羡慕不已。原本一家人准备一起看极光，爸爸却因为工作留在家里。小姑娘非常理解，在遥远冰冷的世界里写下自己的心愿，盖上当地邮戳给爸爸寄去，用这张小小的卡片给爸爸送去爱心。小小的卡片见证了孩子留下的足迹，也是父女情深的印记。这一幕也感动了我，我也赶紧买了一张，却不知该寄往何处。

在费尔班克斯的第三天，我与台湾团的朋友们更加熟悉了。清晨，太阳温柔地洒下来，天空终于放晴。极光指数二到三级，不出意外，期待已久的极光即将出现。每个人心里都多了一份期许和喜悦。

"狗拉雪橇还是冰钓？每人限报一项"，导游在安排白天的活动。两个画面在我脑海里反复拉锯。一个是速度与激情，一个考验的是定力和耐心。与飞驰快意相比，我最终选择了冰钓。台湾团的老萧毫不犹豫选择了狗拉雪橇。老萧是位台商，年龄四十上下，身体略微发福，性格幽默豪爽。嘴里唱着孙燕姿的歌，"翻越过前面山顶和层层白云，绿光在哪里"，手上的动作却很像京剧《智取威虎山》中的杨子荣，引得大伙笑声不断。给我印象最深的还是他一时兴起，非要与素不相识的酒店厨师一醉方休的场景。我在不远处微笑地看着他，仿佛看见了曾经的自己。

美国小伙约翰驾驶一辆铲雪车向郊外驶去，车上只有我一人。整个湖水被冻结成巨大的冰块，洁白如玉，好像世间的其他色彩都被遗忘。湖的四周被白桦树林环绕，树枝在和煦的阳光下发出浅褐色的光。车子驶进湖面中央，我茫然四顾，除了几行动物脚印，一切那么寂静，如同走进史前冰川时代。

约翰铲去积雪，取出铁钳，剪断门锁上捆绑的铁丝，用木柴点燃炉火，然后在冰封的湖面上凿出一米多深的冰洞。昏暗的小木屋内潮湿阴冷，每一次呼吸，都会分明感鼻腔内冰碴冻了又化掉。羽绒服内蓬松的羽绒，和留存其间不对流的空气相互交织在一起，紧紧地裹在身上。一束绿光从水底透过冰层射到脸上，我顺着光亮熟练地抖动手腕，一条长长的鱼线随着挂饵钻入洞中、沉入湖底。

点燃松火，几颗小火星变成火苗，风一吹，火就烧了起来，小屋内变得暖意融融。我坐在冰洞旁静静地守着渔竿，想起刚辞职那会儿，在大山深处一个石材加工车间里，也是守着一堆轰鸣的机器，看传送带上的一块块板材终究难逃被切割的命运。我心中默想，退一步，困难就会放过我们吗？正想着，忽然渔竿沉沉地弯下去，鱼线变得僵直，一条半斤左右、表面银白的虹鳟鱼浮出水面。不多时又有一条一般大的鱼上钩，这下午饭有着落了。我松了口气，心想这么好的运气晚上还会出现吗？约翰把鱼收拾干净，煎成鱼片。从外面取来冰块，在锅里煮化，小屋内顿时弥漫着一股鲜美的味道。当地流传着这样一个传说：因为天气太冷，人们一开口说话会结成冰，对方听不到，只好将冰雪带回家慢慢烤了听，叫"煮雪"。此刻除了水沸腾的声音外一片寂静。

　　珍妮度假村的餐厅里，五颜六色的灯光照射在冰块做成的酒杯上，反射出奇妙的光芒。大家围炉夜话，等候极光。酒杯里的绿色苹果汁与淡黄色伏特加在一起调和出出乎意外的效果，仿佛一半是海水，一半是火焰。桌上摆满了当地产的三文鱼，我轻轻地夹了一片放在嘴里。记得刚开始吃自助餐时候，我会拼命吃三文鱼；现在收入高了，请朋友们大吃一顿自助餐已不在话下，却感觉没有了从前的味道。

　　夜幕下窗外的天空格外寂静，人们不时走动、观望，生怕错过极光。外面冻久的人跑回到屋里，搓手、跺脚，空留一身月色。老萧坐在那里与我们交流，神态轻松，不急不躁，有时把脸朝向窗外，自言自语几句。人过了四十就习惯了在人来人往中保持清醒。而周围一群年轻人聊聊天、谈谈梦想，不就是这个年龄应有的状态吗？

　　忽地听说有人拍到了极光，我先坐不住，冲到屋外找了半天，却没有一点极光的影子。原来今晚极光爆发的强度不够，人眼观测不到，借助专业相机才可以拍下来。许多人围在一起欣赏相机中的图片。我略微失望，独自在雪上踱步，脚下传出"咯吱咯吱"的声音，像是荡平了内心的浮躁。晴朗的夜空中，无数有如钻石的繁星在闪烁，密密麻麻交织在一起形成光斑。勺状北斗七星勺头的两颗星星，正对着小熊星座的北极星，北极星正好在地球自转轴的延长线上，看起来几乎不动，几千年来一直为夜间出行的人们指明方向。人们通过观测天象，掌握了地球上万物轮回繁衍生长的规律，也产生了对天空日月的神往。

　　人群中传来几声叹息，乘兴而来的人们开始担心自己的运气。

极光同世间万物一样时刻处在变化中，也许旅行就是充满遗憾和未知，这种经历实际上也是对生命无常的体验。我们相互鼓励着期待明天的际遇。回酒店的路上漆黑一片，只有树枝刮划在车上发出"吱吱啦啦"的声音。凛冽的寒风掬着枯枝败叶掠过，敲打着万家灯火的门窗。

行程的最后一天，我们驱车来到位于费尔班克斯市区以北四十多公里的极光观测营地。可爱的星球小屋散布在原始森林包围的山巅，随山岭脉络蜿蜒各处。周围没有喧嚣与光源，只有一望无际的原野。中午时分，山林间还有未消散的薄雾，明媚的阳光从后山缝里钻出来轻抚人的脸庞，白雪也变成了粉红色，眼前的一切仿佛仙境。也许是因为没有那么强的得失心，连续几晚没见到极光后，台湾的朋友们居然没有一个垂头丧气，反倒相互调侃起来。佛系青年Edson说："世间一切随缘，若是机缘成熟，再远的都会遇见。"我赞同地点头，甚至觉得美好的东西过早经历，将会使今后的人生索然无味。

当地人讲，虽然极光是自然现象，但也不是完全无迹可寻。如果在费尔班克斯连续待四晚，成功观测率将达97%。我隐约感到那束绿光像是天空中的精灵，就隐藏在我们身边，一直在考验每个人的耐心和诚意。我将暖宝宝贴到相机上，按要求设置好感光度、光圈值、快门速度。穿上两层保暖衣、两双袜子和两双手套的我，像一名去往外星球的航天员，下蹲都感觉困难。我试着在满是积雪的山路上走了一圈，选择好拍摄的地形和角度，顺手在雪地里捡起一片树叶，心中暗暗地祈祷。哪怕只有百分之一的机会，也要做好一切准备，包括遗憾离开。

星球小屋像一个雪白颜色的冰淇淋，坐落在一米高的平台上，由巧克力色的木板拼成，屋内设有极光感应报警装置。躺在床上，头顶是270度玻璃穹顶，像大眼睛一样朝向天空。在与世隔绝的环境下凝视星河，静静地等待极光女神的降临，有天人合一的感觉。

密闭的小屋内没有任何尘世的声音，心也跟着沉淀下来，我不由想起自己的童年。南方军营驻地多山水，竹林茂密，风景秀丽，位置相对闭塞。幼时的我喜欢一个人望着远处静静地发呆，眼前是来自五湖四海的战士，脑海里却是比天空更广阔的世界，对未来有着各种憧憬和理想，对世界充满了期待。

光线渐渐暗下来，星辰开始闪烁。地上的雪像一床洁白的棉被，将污泥浊水和枯枝败叶厚厚掩埋，将褶皱熨平。守着漆黑的夜，我好像要陷入回忆中，看不见任何迹象，渐渐地产生了困倦，又夹杂着未见到极光的失落感。子夜时分，忽然有人触电般大喊："快看！那是什么！"我不顾一切地冲出门外，望向空中。

抬头的瞬间，我惊呆了。绿色的极光闯过山顶和云层倾泻而下，整个天空犹如一幅壮丽的画卷。我顾不上拍照，双手合十许下心愿。极光冷冷地在头顶燃烧，星星在远处的雾中闪烁。极光绚烂多彩、形态各异，远在天边又近在眼前，让人感到新奇而神秘。它刚开始若隐若现，如一团薄雾状挂在空中，慢慢地轮廓越来越清晰，似一条条绿色、黄色的彩带轻盈飘荡，忽明忽暗；又像舞者弯曲的手臂在空中划出的优美曲线，让人心旌摇荡，转瞬间似长袖曼舞般变化跳动，每一次都牵动人心；最后像一缕淡淡的烟雾，无声无息地消失在无边无际的夜空。这一刻让我产生的感动是过往看所有美景都不曾有过的。

在古罗马神话中，欧若拉（Aurora）掌管北极光，被称为黎明女神。她每天飞向天空，向大地宣布黎明的来临，因此人们用她表达希望与期盼。古罗马人也给人类带来了文明之光。而英文里的极光"aurora"一词，是由意大利科学家伽利略在 1619 年创造的。身边拍照的 Edson 情不自禁唱起了张韶涵的歌曲《欧若拉》，雪地里大家一起合唱，兴奋不已，动听的歌声让幸福的人听出了爱，伤心的人听出了感伤。

在这样的视觉享受中，忽然觉得不单是看到了什么，而是在敛声屏气、凝神遐思的片刻感受到了什么。极光闪亮而不耀眼，柔和而又强大。如同在金字塔前想到时间，当那一抹绿色在浩瀚空间中一闪而过，立刻让人感知到天地辽阔。

一个遥远的地方总能让我们充满想象，那是我们为自己建构的梦，黑夜中的极光让人意识到梦想的意义。冯小刚执导的电影《只有芸知道》中，女主在临终前将内心深藏的梦想告诉那稍纵即逝的极光，与其说是人与自然的对话，不如说是在与自己对话。这个世界上每个人都有自己的不易。那个地铁里突然红了眼眶的人，那个深夜里在路边呕吐的人，那个躲在卫生间不敢哭出声的人，都是生活中值得尊重的追光者。

此刻极光璀璨，月光皎洁，风在摇曳，雪在下，一切刚刚好。天空无语承载远大的梦想，大地无言接纳万物，极光用奇迹划过我的生命，让幸运的我见证自然的神奇。我感激那些曾经照亮过我、在路上拉过我一把的人，那些曾经在某个阶段给我带来短暂喜悦的人，那些仍在身边或已经不再见面的人。感激所有发生过的故事。祈愿大家一切都好。

我放松一下酸痛的颈椎，低头环顾四周。白雪之上，极光之下，时光流转，昼夜交替，岁月中流逝着人间喜乐。大乘佛教中观派认为人生如梦，看似实有的东西，其实与虚无无二无别。人生百年不及一道光。我恍然大悟，只有在更高远纯净的思想面前，人们才能看到自己、认识自己。人何以为人？人为何活着？极光不语，却回答了一切。

天亮了，雪花飘飘洒洒地从苍穹飞落下来，润物无声，温柔多情。飞舞的雪花里，我与朋友们挥手作别。再回头，他们的背影即将消失在崎岖的山路上，鲜艳的帽子颜色一闪一闪。生活又要在结束的地方开始。祝愿天下所有追光之人，星辰依旧，皆大欢喜。

2020 年 2 月，美国密歇根

人神共居的尼罗河

从电影《埃及艳后》故事发生地亚历山大到"和平之城"沙姆沙伊赫，从帝王谷到狮身人面像，从罗马古城堡到卡纳克庙宇群，在这条被古埃及人奉若神明的尼罗河两岸，有超过 8000 年的人类活动痕迹，是人类文明发源地。

从阿斯旺沿尼罗河顺流而下到卢克索的行程像从重庆到宜昌，除了参观神庙，其余时间都在游轮上。这里有着明媚的阳光，碧绿的河水，成片的两岸椰枣林，时而传来的诵经声和空气中混杂的烟火味（埃及人是在屋顶做饭），让人感到浓浓的异域风情，也许这样的生活是对撒哈拉沙漠沙暴的补偿吧。

尼罗河全长 6670 公里，是世界上最长的河流。地理大发现时，英国人利文斯通用生命寻找到它的发源地——埃塞俄比亚高原。在撒哈拉沙漠与阿拉伯沙漠的左右夹持中，尼罗河蜿蜒如一条绿色的绸缎，充满无限生机。在埃及，尼罗河没有当地径流汇聚，被称为"客河"，几千年来埃及的中心从孟菲斯移到底比斯，从亚历山大移到开罗，但从未离开大河半步。

提起尼罗河肯定会想到电影《尼罗河上的惨案》，英国小说家克里斯蒂用河上美丽的风光，衬托紧张残酷的剧情，揭示人性的罪恶。后来如法炮制的《东方快车谋杀案》《无人生还》一个世纪来热度依然不减。小说是虚构的，但对埃及人来讲，没有尼罗河，便不会有古埃及璀璨神奇的文明。

古埃及人的神祇崇拜很大程度上受尼罗河影响，他们认为神无处不在，笃信世界是神创造的，自己是太阳神拉用眼泪造的，很像中国女娲造人的神话故事。太阳神是全埃及之神，是神界的第一法老。古埃及神话中有 2000 多个神，多为人与动物合体。先人看到河边捕猎的老鹰、狮子、蛇，因为恐惧产生崇拜，便把它们当作神灵供养，认为离群索居者不是神灵就是野兽。在神界，不同神掌管不同领域，关系错综复杂，实际上是古埃及社会形态的一种体现。

　　我在卢克索弃船登岸，游览了地球上最大的宗教建筑卡纳克神庙。它位于尼罗河东岸，始建于中王国时期，有着4000多年历史，面积约有150个足球场大，前后经过30个法老近2000年时间才建成现在的样子。烈日下成排的公羊石雕，让人晕眩的石柱阵，石柱顶端神秘的落石，高耸入云的方尖碑，同电影《法老与众神》里的场景一模一样，雄伟壮观。

　　在古埃及社会里，法老始终被认为是高贵血统的唯一传承者，也是神在人间的代表。他希望借助建造神庙为自己树碑立像，通过神来强化集权统治，走在这些法老雕像中间，依然能感到浓浓的政治气息。在广阔古老的尼罗河流域，像这样的大型神庙有几十座，每一座神庙都在诉说尘封已久的往事，展现古埃及人民超凡的心思和智慧。

　　古埃及时的每年7月，尼罗河洪水会卷着淤泥铺天盖地而来。古埃及人会一片沸腾，举行隆重的祭祀仪式，向水中投掷食品、鲜花，对掌管河水的哈皮神虔诚地表达着感谢。河水泛滥带来的淤泥滋养了庄稼，人们对泛滥带来的财富逐渐形成依赖，直到阿斯旺大坝建成。在中国神话传说中，面对洪水滔天没有可供逃亡的挪亚方舟，只有大禹治水过家门不入，"精卫衔微木，将以填沧海"这些被后世称赞的故事，体现了华夏民族"人定胜天、勇于抗争"的精神内核。富有哲学思想的中国古人，通过治水选拔人才、推举领袖、确立社会关系，为日后农耕社会的形成奠定基础。

　　古埃及人把对神的虔诚体现在建造大型工程方面，取自尼罗河的淤泥混合莎草是建造神庙的主要材料。这些淤泥不仅用于建神庙，也建起了无数城镇，卡纳克神庙所在地底比斯就是专为祭祀诸神而建造的城镇，镇中遍布面包店、肉铺和各种贡品作坊，到 16 世纪才逐渐发展成为著名的商业中心，是当时除长安之外世界上最显赫的都城。

令人费解的是，在神庙建设的几千年中，无论外界的环境、科技、生产力水平如何变化，神庙的建造模式、艺术审美、设计工艺始终没有改变。几千年过去了，现代的埃及人仍然用尼罗河淤泥混合莎草，采用相同工艺制成泥砖建房。

没有可怕的深度就没有美丽的水面，尼罗河终年吹着北风，河水北流，来回行船都很方便，有着泰晤士河一样的静美。宽阔的河面上大小不一的三角帆船一字排开，白色的帆、红色的船，轻轻滑过水面，无声无息，留下点点帆影。人们在帆船上抢着与水手合影，态度温和的努比亚人不忘摆出 Pose 配合。他们有着漆黑的皮肤，方正的脸庞，以及中东男人细腻儒雅的性格，很像电影《开罗时间》中的男主，以隐忍之爱点亮了旅人驿动的心，留下一段无痕的插曲。尼采说人的性格是所有社会关系的体现，性格没有好坏，正如文明没有优劣，只有不同。

"水止无恒地……到时为彼岸。"尼罗河是一条美丽的河，奔流不息地浇灌着大地，塑造着人的信仰和性格，同时携带着对人的劝诫和教导。漂流的游船，喧嚣过后静谧的傍晚，都让我难忘。闻着呛人的烟火味，带着一颗探索发现的心，触摸一部流淌的历史，发现一个崭新的自我，是此行最大收获。据说当地球上所有东西消失殆尽的时候，唯有空气中的气味会久久不散。难忘尼罗河的味道，埃及再见。

2019 年 2 月，埃及尼罗河

让时间惧怕的金字塔

　　我与波士顿的王叔叔有个约定，每年春节行走一个国家，原计划今年去南美，订机票时才发现签证时间不够。想到埃及对中国公民实行落地签证政策，且对埃及神往已久，就让当下做主，与古老的埃及来一次亲密接触。

　　从波士顿起飞的航班经停伊斯坦布尔后，降落在被称为"凯旋之城"的开罗。马路上披着黑纱的妇女、虔诚祷告的穆斯林、扶老人过街的胖警察、混乱的交通，还有在土耳其见过的埃及市场，都是熟悉的阿拉伯化的埃及。有句话叫，"有些地方从来没去过，但第一次去就会有种又回来的感觉"，埃及就是这样的地方。与伊斯坦布尔不同的是，开罗除伊斯兰教外还有基督教。神秘的吉萨金字塔群就在开罗郊外。

　　埃及是世界上历史最悠久的文明古国之一，位于非洲东北部，距中国最西端只有4000多公里，这里孕育了人类史前文明和最早的农业国家。希罗多德说埃及是尼罗河的赠礼，先民们在衣食无忧中充满对太阳和尼罗河的依赖，创造了宗教信仰。金字塔作为国王的陵寝，也是死后升天的天梯，被誉为世界七大奇迹之一。

　　埃及共有金字塔96座，其中，吉萨金字塔极具代表性。吉萨
金字塔建于公元前2700年至前2100年间，是古埃及王国第四王
朝爷孙三代的陵墓，其中"被古希腊哲学家泰勒斯测量过的"胡
夫金字塔高147米，塔顶已风化，在埃菲尔铁塔建成前曾是人类
天际线，与不远处的狮身人面像遥相呼应，可见古埃及人的聪明
智慧。在墨西哥，我和王叔叔曾攀登过特奥蒂瓦坎的金字塔。玛
雅人建造的金字塔高不过四五十米，十几分钟即可登顶，并不费
力，而吉萨金字塔中最矮的一座也有近百米高，站在金字塔脚下
想看清顶部非常困难，环顾四周，恍惚间会找不到自己。

　　体积最大的胡夫金字塔用去230万块石料，平均每块两吨半
重，最大一块重达16吨，石块与石块之间没有任何黏合物却合缝
严密，直到今天也不能插进一张银行卡。令人费解的是，像二氧
化硅这样高硬度的石材，即便采用现代工艺也很难达到如此精度，
如果当年古埃及的工匠可以穿越到今天，恐怕也是优秀的工匠。
因为石材开采是我离开体制后的第一份工作，这段经历让我每每
看到各地的石头建筑都倍感亲切。人生说来也有趣，随着时间推
移，本来辛酸的境遇会变成甜美的回忆。

　　金字塔景区的门票是80埃及镑，进入内部还要250埃及镑，
如果要和骆驼拍照、坐马车等，小费更高，好奇心还是让我们深
入塔内一探究竟。法老的咒语真能像秦始皇陵中的机关一样保护
自己吗？浮雕壁画中像飞机、潜艇一样的图案意味着什么？金字
塔建造的各种数据与天文数据为什么能够极度吻合？想必每个人
都希望找到令自己满意的答案，探索世界就是探索自己。

　　睿智的王叔叔不知从哪里看到"远古外星说"理论，说金字

塔是当年法老们接手的二手工程，它自身携带着外星文明的信息来与我们对话，就像美国发射的先驱者 10 号探测器，携带着标明地球坐标、人类图画的"名片"遨游太空。科幻作家刘慈欣在小说《时间移民》中，也讲述了地球人乘坐时光机成功穿越 11000 年，进入二次文明的故事。虽然这个理论令人脑洞大开，但毋庸置疑的是，在古埃及王国中，王权观念贯穿始终，在金字塔时代达到了顶峰。人们认为法老是人与神的混合体，法老死后，灵魂会依附在尸体或雕像上复活，人要经过奥西里斯法老的死亡审判才会永生。理解死亡是自我觉醒的开始，但那时的人们把对宗教的崇拜变成对法老的服从。尽管有研究说修建金字塔的人不是奴隶，是自愿服务法老的百姓，但据保守估计，如此巨大的工程，至少需要 20 万人连续工作 20 年才有可能完成。

帝王的雄心常以百姓的付出为代价，令法老们想不到的是，几千年前的欲念养活了后世子孙，旅游业成为现代埃及仅次于苏伊士运河的第二大收入来源。遗憾的是法老的后代却因一直以来的近亲结婚，在体力和智力上都特别羸弱，仅存的几个法老村里的人们已经皈依伊斯兰教，无人能懂象形文字，古代埃及文明就这样悄无声息地湮灭在茫茫沙漠中。

在吉萨高地驱车而行，于两公里外回望金字塔，夕阳下三角形的轮廓线清晰可见，在沙漠映衬中满是明暗相间的金黄色。不远处包着头巾的阿拉伯驼队在蜿蜒的小道上缓缓走过，身影在扬尘中时隐时现。耳畔仿佛传来远古的声音，有种一眼千年、往事如烟的感觉。拿破仑曾说"人类惧怕时间，时间惧怕金字塔"，在金字塔面前会感到生命是多么短暂，犹如黑夜中闪过的流星，但生命的价值不能以时间长短来衡量。天地浩大，金字塔不能使法老们的肉体复活，却能让文明永生，愿这见证时光流淌的奇迹，能护佑人间安宁。

2019 年 2 月，埃及开罗

海德公园

伦敦市区多车站，火车站、地铁站、巴士车站，站站相连，四通八达，出行非常方便。乘坐希斯罗机场的快线，十几分钟便到达了帕丁顿火车站，离预订的酒店只有几步之遥。站台上迎接我们的是一只憨态可掬的正宗帕丁顿熊，听说自从《帕丁顿熊》的小说大获成功后，不同造型的小熊雕像便成为地标，遍布城区街巷。

酒店是一座四层小楼，一层为沿街超市和酒吧，毗邻著名的海德公园。这里的人们喜欢在大街上对饮，下午三四点钟，门口几张圆桌上就摆满了酒杯，三五群素不相识的人，只要"确认过眼神"，就有可能喝个一醉方休，真有白居易笔下"晚来天欲雪，能饮一杯无"的遗风，可惜这回雪是等不来了，酷暑天如期而至。

与其在高温下游荡于伦敦街头，不如漫步于海德公园的草坪。海德公园占地约 2400 亩，被誉为欧洲第一皇家园林。公园南北相邻闹市，园中却异常寂静，那一棵棵、一排排一眼望不到头的参天古树，令人心旷神怡，灌木丛中各种野鸟发出清脆悦耳的鸣叫，草地里的湖泊和洁白的羊群或隐或现，有种英格兰乡村风情。

英国的尊重自由的理念在海德公园也可以看得出来。公园里有个演讲角一直延续至今，每个周日，不同团体的人士汇集到这里，发表自己的观点，一群人有时现场辩论，有时有说有笑，公说公有理、婆说婆有理。据说，当年这里还是列宁练习口语的地方，现在已成为英国民主历史的象征。

公园南门有一座壮观的哥特式建筑，远远望去，一个高高的尖顶指向天空，底下一座全身包裹金箔的雕像在太阳光下熠熠生辉，这是维多利亚女王丈夫阿尔伯特的纪念碑。这位来自德国的亲王是女王的表哥，他们自幼青梅竹马，婚后感情甚笃。阿尔伯特相貌英俊，主张"清静无为"，不关心政治，却对科技文化更感兴趣。在他的倡导下，英国社会的自然科学得到了长足发展。达尔文、瓦特、狄更斯等一批杰出人物涌现，这也许正是女王深爱他的原因之一吧。只可惜只有四十二岁的阿尔伯特英年早逝，女王悲痛万分，立碑为念。

时过境迁，沧海桑田，站立于海德公园内，仰望高大古老的纪念碑，触摸刚刚补植的新绿，瞬间感慨万千。在时间面前，公园的树在更新，可公园没变；河里的水在流淌，而河没变；人生的无限变化经常使我们迷惘万千，而生命的规律却始终没变，这不变的规律就是"道"。哲学家海德格尔在《存在与时间》一书中说，存在是最普遍的概念，但并不等于最清楚的概念。《道德经》中云，"道可道，非常道"，悟道的关键在内心，希望我们都能够苦心钻研，静心寻找，真正领悟世间天人合一的大道真谛。

2018 年 7 月，英国伦敦

亡灵之城瓜纳华托

　　登上一座有着千年历史的玛雅金字塔，周围丛林的鹦鹉在尖叫，这就是墨西哥；从棕榈树环绕的沙滩，冲进温暖的太平洋与海浪嬉戏，这也是墨西哥；在某个餐馆里吃一份菊花沙拉，品尝鱼肉辣味玉米饼，这还是墨西哥……这些都是来墨西哥旅行特有的体验，但对我来说，这个国家真正独一无二的还是"亡灵文化"。

　　依山而建的瓜纳华托城是瓜纳华托州的州府，有近 500 年的历史，被誉为亡灵之城，是电影《寻梦环游记》里亡灵世界的取景地。整个城市就像是上帝不小心打翻了的调色盘，每间房屋都被染上了颜色，这里被联合国教科文组织列入世界遗产名录，入选《孤独星球》杂志评选出的 2018 最佳旅行城市榜单。诺贝尔文学奖获得者墨西哥诗人帕斯曾说，死亡是墨西哥人最钟爱的玩具之一，是墨西哥人永恒的爱。

　　春节过后，瓜纳华托不仅没受 10 月发生的地震影响，反而靠电影《寻梦环游记》提升了人气。德拉库斯音乐广场游人如织，艳黄夺目的圣母圣殿、白色的瓜纳华托大学以及周围鳞次栉比的彩色房子铺满整个山谷，无论是穿行小巷还是在广场发呆，都会发现这座山城里蕴藏的夸张浓烈的气质。正如唐人爱用五彩，宋人喜用素色简色，玛雅文明认为世界是方的，分别用一种颜色象征四方形的四角。这种按方向和颜色划分世界的方法，应该属于天体演化学。正是在研究天体演化的过程中，墨西哥人相信死亡并非人生的终结，而是一种轮回，是一段新生命的开始。

就像《寻梦环游记》中所说，瓜纳华托在每年11月1日和2日的亡灵节都会举行盛大的纪念活动，传说亡灵们被检测到人间祭坛上摆有其相片时，就可以通过花桥抵达人间，与活着的人们一起吃饭、喝酒、聊天、唱歌。这对于纽约、巴黎或是伦敦人来说简直有点不可思议，因为死亡这个词会灼伤他们的嘴唇，虽然我们国家也有类似的中元节，但出于对死亡的忌讳，总也免不了"欲断魂"的气息。

商店橱窗里有许多身穿精致短裙、戴着华丽帽子、露着瘦骨嶙峋的大长腿的骷髅纪念品在出售。这里的人们认为，死亡让人脱离俗世的苦难，死后，财富与地位都毫无用处。墨西哥雕刻家何塞领会了其中的深意，他创作的骷髅作品让只剩下骨架的亡灵们开心地工作、跳舞和求爱，受到了人们的追捧。

眼前一幕让我想起《庄子》中写过一个故事，庄子在到楚国的途中遇见一个骷髅。晚上他枕着骷髅睡觉，骷髅和他托梦，谈对死亡的认知。与死亡对话正是庄子迷人的地方。而儒家谈死，必定是"舍生取义""杀身成仁"，孔子认为，唯有如此，死亡才有意义。

　　位于城郊的圣塞西莉亚墓园其实就是一堵墙，电影《寻梦环游记》小男主米格就是从这里出发，穿过万寿桥进入冥界，寻找曾奶奶可可的父母埃克托和梅尔达的。当我听到"其实真正的死亡，来自被遗忘的那一刻"的对白时，心中充满了对父亲的怀念，眼里噙满泪水。虽然我们所有人终归都会被遗忘，但活着的人们留住的记忆，是亲人生活过的最好的痕迹。我想告诉老爸：我们一直都把对你的爱埋在心里，都很想念你。

　　站在这样的文明古城面前依依东望，那些逝去的青春岁月就像一场梦。每个人的生命只有一次，去日、今日、来日，在喝茶、吃饭、工作、睡觉中流逝。法国哲学家萨特说，人从出生那一刻起就开始走向死亡。汉杂言诗曰："露晞明朝更复落，人死一去何时归？"而忙碌的人们却忽视了这一点，以为车子、房子、票子就是生命全部，其实平日里的每时每刻，都是珍贵的。让我们以对生命的思索来感悟死亡，在最有价值的生命中不负时光、珍惜当下，以向死而生的精神，书写每个短暂生命里华美的篇章。

2018 年 2 月，墨西哥城

徒步麦理浩径

前些年看了本《徒步中国》的书，讲述了德籍青年雷克从北京出发，走回德国巴特嫩多夫的家的故事。我由衷地感佩他的执着。现在，我也要开始徒步旅行了。经过筛选比较后，我决定把麦理浩径作为首次徒步的线路。岁末将至，这场徒步算是 2017 年的收官，也是满心期待新一年的足下之始。

麦理浩径是以前港督麦理浩名字命名的一条徒步线路，全长100 公里，共分十段，位于香港离岛，由几十座山岛组成。整条线路在山岭岸边展开，途中山海相连，丛林溪涧随处可见，自然景致极佳，每十公里设有驿站，安全救援设施完备，非常适合登山者。

头天傍晚，我选择在西贡北潭涌附近山下的一家旅馆住下。正是薄暮时分，我独自走出住所，对着黑黝黝的山岭发呆。这山岭是中国香港东端最后的屏障，像是中式圈椅的椅背，这里曾留下过一个非凡的时代背影。

1971 年至 1982 年，外交官出身的麦理浩任中国香港总督时，经常来这里远足，他深谙中国传统文化精髓，把善良、和谐作为第一要务，大建公房、办免费基础教育、提供低费公共医疗制度、设立带薪休假制度，成为史上任期最长、最受市民爱戴的港督，那个时期的香港被称为麦理浩时代。

第二天清晨，"云霞出海曙"，宿鸟出山林，耳畔清脆悦耳的鸣叫声此起彼伏。我的徒步起点为万宜水库。站在此处，放眼望去，长堤把海水分割，如丝带般纵横在山海之间，站在堤前自然会想起上官仪的"脉脉广川流，驱马历长洲"。作《洛堤步月》时的上官仪为当朝宰相，深得高宗赏识，又逢贞观之后天下无大事，颇有闲情逸致。而麦理浩上任的年代，正值香港两次市民街头抗争和股灾，压力可想而知。

麦理浩力排众议成立廉政公署，让中文成为法定语言，使中国香港由轻工业逐步转型到以电子工业、金融业和商业为重心，经济得到飞速发展，一跃成为"亚洲四小龙"之一，没有步威尼斯因发展后劲不足、最后只剩下旅游的后尘。不仅如此，麦理浩最伟大之处在于，作为首位赴京并参与制定香港回归联合声明的港督，为九七香港平稳顺利回归作出了历史性贡献。

透过半山坡茂密的枝叶，可以清楚地看到海边保护完好的渔村，一派"鱼盐聚为市，烟火起成村"的市集小镇的场景。其实中国香港的历史绝不是从近代小渔村开始的，早在唐朝时，朝廷就在现在的屯门设镇驻军；宋朝也曾在此设立盐场；当年的英国政府，在港督的人选问题上，也是慎之又慎，优中选优。

李白有诗云"半壁见海日，空中闻天鸡"，走到山顶听到的却是水牛的叫声，原来中国香港特别行政区政府制定法律规定，农户饲养的水牛要全部放归山林，不允许宰杀。经过多年的繁殖后，山道上随处可见水牛，每只牛耳上还作有标记，像是顾炎武笔下挂在牛角上的汉书。这里的水牛同意大利罗马城的野猫、日本高尾山的猴子一样，安全自在。

"名虽千古在，身已一生休"，我想历史上有许多像麦理浩一样的人，他们追求大善大美，心里装着民众的福祉，为的是一方安宁。相信只有参透了人生，领悟了山水，又了解了中国传统文化的人，才能达到天人合一的境界，这应该是对"飞龙在天，大人造也"的诠释。

麦理浩径徒步对于我来说，不亚于一次心灵洗涤，让我胸中只有澄蓝的大海和翠绿的高山。吸饱了山香云气的我，更有力量前行了。

2017 年 12 月，中国香港

马赛马拉

非洲是海明威眼里绵延的青山，是凯伦笔下壮阔的大地，是星空下欢腾的部落舞蹈，是丛林中成群结队的野生动物。

从内罗毕出发，经过六小时的车程，我们深入位于乞力马扎罗山脉腹地的马赛马拉国家公园。公园保护区总面积 1800 平方公里，土著居民马赛人和几百万只野生动物共同生活在这里，被称为非洲的"园中之冠"。安博塞利 AA 小屋酒店 (AA Lodge Amboseli)

位于马赛马拉国家公园内，周边的"居民"全是野生动物。其实它们与人类原本就是邻居，彼此相伴相依。此时正值月圆之夜，更有一番意味。

来非洲前，我以为这里终年酷热，来了才知道，这里的平均气温只有20℃，有点像昆明。马赛人御寒的衣服，就是两块布，多为红色，像一团火，在野兽遍布的大草原上，这样的颜色能有效地驱赶野兽。《战狼2》中演员吴刚说，非洲人心态好，无论遇到什么，只要给他们一团火，他们就可以开心地围在一起跳舞唱歌。

进入旱季，稀树草原的动物会聚集起来，成群结队地去雨林边水草肥美的地方寻找食物。马拉河是角马迁徙的必经之路。马赛人麦克带领我们来到名为Look Out的地方，每年的10月份，都有上百万头角马从这里迁徙到坦桑尼亚，马拉河上都会上演角马往前冲、鳄鱼张着血盆大口捕杀角马的场景，被称为"天国之渡"。我不禁想到，新疆北疆哈萨克族牧民的牛羊，每年在更换牧场时要长途跋涉，现在看起来，它们要幸运很多。

沿着麦克手指的方向看去，乱石边一只上岸的角马正在帮助另一只被尼罗鳄半拖下水的同伴脱离险境，这让我想起讲述二战的影片《血战钢锯岭》中的道斯。他冒着生命危险，凭一己之力把那些受伤的战友拖到悬崖边，再利用手动绳索将他们运送下山。世间自有大爱，动物也如此。

马拉河岸边是角马的"临时会客厅"，每年都有世界各地的"长枪短炮"如约而至。温婉的杭州女孩雪莉，正在想方设法给角马一家拍合影。在美国，有位名叫罗布·麦克依尼斯的摄影师，因为给一群动物们拍"全家福"，引起轰动。我们也曾给和我们一家共同生活了七年的泰迪犬"布丁"拍了写真，作为生日礼物送给在美国读书的孩子。

从马赛马拉走出的原始人类，在迁徙中完成了进化，产生了人类文明。所有动物都有存在的理由，都有自己的感情，在动物的世界里，食物没有主权，先来先得，迁徙只是为了获取更多更好的资源。

"秋草独寻人去后，寒林空见日斜时。"随着夜色的降临，草原静谧平和，虽然周围潜伏着无数动物，但我内心安宁。

2017 年 10 月，肯尼亚马赛马拉

后
记

那是 2018 年春节，陪女儿过完年，从美国返程途中，我跟随电影《寻梦环游记》中的世界，独自去了南美亡灵之城瓜纳华托。夜晚的窗外，圣母教堂般的建筑，戴着华丽帽子的骷髅骨架在灯火阑珊下以神秘的姿态出没不定，构成浓烈夸张的亡灵世界。电影中说：真正的死亡，是被遗忘的那一刻。让我突然想起离世的父亲，不由得泪流满面。

我生在军营，八岁随父亲转业回乡。后来考入县电视台，当了一名电视新闻播音员。在家乡工作二十年，成为当地家喻户晓的人。或许是因为年纪轻轻便以己之长粲然入世，我轻狂地萌生了对"远方"的向往，于是辞职开始了裸奔式的打拼。那时父亲已偏瘫多年，身体渐衰，处于生命的最后时光。他亲眼见证了我从学习到工作的不断成长，也见证了我在事业风生水起之时的毅然离开。作为父亲，他当时的心情可想而知，而我却没有对他作过任何解释。不仅如此，每次看他时，还总带着一身酒气。父亲始终没有说一句责怪的话。我离开时，他都会扶着拐杖目送我很久，眼中充满了担忧和期待。

当年从中国人民解放军南京军区防空军军士学校毕业，留校任教的他，生活既稳定又令人羡慕。但在那个动荡的年代，随着学校调整，专业撤并，他先是被分配到军部，又被下放连队，成了基层部队的一名指挥员。即使命运起伏，但无论走到哪里，他都兢兢业业，无怨无悔。部队驻扎的七宝，是虹桥机场的前身，当年还是个几百户人家的小村庄。农忙的日子，他会带上战士，义务帮村民插秧播种，常常卷着裤腿，弓着腰，在泥泞的水田里一干就是一整天。我清楚记得，病床上他那因肌肉萎缩而变得细瘦的小腿上，依然还留有当年被蚂蟥叮咬的痕迹。

后来，为加强战备，父亲被秘密派往海岛，负责设计修建防空设施。他以岛为家，身先士卒，经常是半年才探亲一次。有一回，我们刚煮好米粥，父亲突然走进屋来，手里提着一个黄书包，肩上带着雪花。他想拥抱我们但没动，只是坐下来，捧出包里的糖果饼干，用热烈的眼光望着我们笑。之后，他摸摸洗脸盆底的五角星图案，就抢着洗衣做饭去了。第二天一早，他又帮我的两个姐姐梳辫子，并把她们送到学校。那段时间，几乎所有家务都由他做，好像是在弥补某种亏欠。

父亲不在家的时候，我每次听到空中飞机的轰鸣声，总以为会有父亲的影子。不管在干什么，我都会立刻跑出去，用双手做成望远镜的样子，遥望天空，心里有着满满的自豪感。可如今我的一切步入正轨，却无法告知那个目送我的人。

当年的离开，是对远方的向往，抑或是一种对故乡的逃避。离开体制内工作后，我学会放下心来，独自在广袤的土地上长途跋涉，看山川，见风景，会陌生人。即使坐几十个小时的车，都不会觉得疲惫。渐渐地，我喜欢行走在路上，审视自己的经历和感受，思考事业、生活和生命，想要努力看清它们。

当再次有了自我的时间，我终于可以把喜乐悲愁付诸文字。偶尔，我会借助朋友圈，分享平凡生活中的人生况味。但是，这种"擦玻璃窗"式的记录与寻找，如同飞鸟的羽翼掠过天空，天空中更高远更深邃的地方，是我难以触及的。漫长的构思和写作，几乎让我停止了一切社交活动，未能一日不读书，但越是不敢懈怠，越觉得力不从心。在这里由衷地感谢韩昇、傅小凡、章雪富三位老师的鼎力推荐，感谢高兆和、解永先生对书稿的指导，感谢夫人、女儿和家人们一直以来的陪伴和鼓励，也感谢所有支持和帮助我的领导和朋友们！愿我们出走半生，归来仍是少年！

有位哲人说：虽然我们终将会被遗忘，但活着的人留住的东西，是亲人生活过的最好的印记。此书记录了父亲去世十年来我的心路历程，献给未能亲眼见证这段岁月的父亲。我们都很想念您。

2024 年秋月于济南章丘